〖中华诗词存稿·名家专辑〗
中华诗词学会 编

饮河集
江岚旧体诗选

江岚 著

中国书籍出版社
China Book Press

图书在版编目（CIP）数据

饮河集：江岚旧体诗选 / 江岚著. -- 北京：中国书籍出版社, 2019.8

（中华诗词存稿）

ISBN 978-7-5068-7374-1

Ⅰ.①饮… Ⅱ.①江… Ⅲ.①诗集—中国—当代 Ⅳ.①I227

中国版本图书馆 CIP 数据核字 (2019) 第 149336 号

饮河集：江岚旧体诗选

江岚 著

责任编辑	王志刚
责任印制	孙马飞　马　芝
封面设计	采薇阁
出版发行	中国书籍出版社
地　　址	北京市丰台区三路居路 97 号（邮编：100073）
电　　话	（010）52257143（总编室）（010）52257140（发行部）
电子邮箱	eo@chinabp.com.cn
经　　销	全国新华书店
印　　刷	北京虎彩文化传播有限公司
开　　本	710 毫米 × 1000 毫米 1/16
字　　数	200 千字
印　　张	16.5
版　　次	2019 年 8 月第 1 版　2019 年 8 月第 1 次印刷
书　　号	ISBN 978-7-5068-7374-1
定　　价	198.00 元

版权所有　翻印必究

《中华诗词存稿》编委会名单

顾　　问：郑欣淼　郑伯农　刘　征　沈　鹏
　　　　　　叶嘉莹

编 委 会：（按姓氏笔画排序）
　　　　　　丁国成　王　强　王改正　王德虎
　　　　　　刘庆霖　吕梁松　李一信　李文朝
　　　　　　李树喜　陈文玲　张桂兴　范诗银
　　　　　　欧阳鹤　杨金亭　林　峰　罗　辉
　　　　　　周兴俊　周笃文　宣奉华　赵永生
　　　　　　赵京战　钱志熙　晨　崧　梁　东
　　　　　　雍文华

主　　任：范诗银

副 主 任：林　峰　刘庆霖

执行主编：吕梁松　王　强　李伟成

秘　　书：李葆国

作者简介

江岚,1968年生,河南信阳市人,中国人民大学文学硕士,曾供职于中华全国总工会教科文卫体工会。现任《诗刊》编辑部副主任,子曰诗社秘书长。合著有《相映集——六人诗词选》等。

内容简介

　　作者自幼热爱诗歌，大学期间尝试写作新诗，很快转向旧体诗，本书作为自选本，比较集中地反映了作者旧体诗创作的概况，涉及旧体各种体裁，大抵韵从宽，律从严，代表了当代旧体诗写作的方向之一，若论诗的旨趣则于唐人为近。本书还附录了作者部分诗词评论文章，从中可以看出作者对于当代诗词发展所作出的某些积极探索。

总　　序

我们这个诗歌大国有一个很好的传统，历来注重"采诗"、搜集整理诗歌材料。作为唯一的全国性诗词组织的中华诗词学会，自1987年5月成立以来，就十分重视这项工作。学会每年的学术研讨会和历届"华夏诗词奖"，都出版论文集和获奖作品集。纪念学会成立二十年、三十年时，还专门编辑出版了《大事记》《论文选集》《诗词选集》。《中华诗词》创刊以来，每年都制作年度合订本。2007年5月，在北京天识东方文化艺术传播有限公司的资助下，以近代以来诗词创作、诗词理论、诗词运动重要文献汇编，当代名家个人作品专集等为主要内容，出版了《中华诗词文库》。经过十来年的编辑整理，已经出了近百卷。这些诗集、文集的出版，记录了近百年来尤其是改革开放四十多年来，中华诗词从起步、复苏走向复兴的砥砺前行的历程，为近、当代诗歌史的撰写准备了丰富的资料。

党的十八大以来，中华民族优秀传统文化重新受到应有的重视。习近平总书记《念奴娇·追思焦裕禄》词和《军民情》七律的相继发表，引领中华大地诗潮滚滚而来。《中共中央关于繁荣发展社会主义文艺的意见》和中办、国办《关于实施中华优秀传统文化传承发展工程的意见》，都明确提出"加强对中华诗词、音乐舞蹈、书法绘画、曲艺杂技和历史文化纪录片、动画片、出版物等的扶持。"国家教育部组织制定由中华诗词学会起草的新中国语言体系中的新韵书《中华通韵》已经通过国家语言文字工作委员会语言文字规范标准审定委员会审定，即将颁布全国试行。这些都使我们真切地感受到，中华诗词的春天真的到来了。诗人们乘着骀荡春风，正以高昂的激情，书写着中华民族伟大复兴的新时代、新史诗，国家富强、民族振兴、人民幸福的中国梦；正以与人民同呼吸、共命运的诗人之心，对人民的欢乐、人民的忧患、人民的情怀给以诗意的表达；正以"美"或"刺"的诗人之笔，对市场经济大潮中人民对幸福生活的期待，对美好未来的希望，对假丑恶的深恶痛绝，或给以方向，或给以赞美，或给以鞭挞。正如习近平总书记所指出的："好的文艺作品就应该像蓝天上的阳光、春季里的清风一样，能够启迪思想、温润心灵、陶冶人生，能够扫除颓废萎靡之风。"

当前，传统诗词创作者和诗词爱好者队伍发展迅速，已超过三百万。每天创作的诗词作品超过唐诗、宋词、元曲的总和。诗词评论研究队伍也成长很快，诗词评论、诗词学、诗词创作理论研究成果丰硕。如何从浩如烟海的诗词作品中"淘"出优秀作品，并使之存下来、传下去，如何使诗词研究理论成果"面世"并发挥应有的指导作用，确实是摆在我们面前的无可回避的一个重要课题。中华诗词学会是一个没有国家编制，没有国家拨款的社会团体，事业的运转主要靠社会赞助和会员费支撑。俊识（北京）文化传媒有限公司总经理吕梁松、北京采薇阁总经理王强，两位一直是对中华传统文化情有独钟的热心人，慷慨解囊，愿意同中华诗词学会一起，搜集整理编辑推出《中华诗词存稿》这套书，共同为中华诗词文化的继承和发展，做成这件十分有意义的事情。

《中华诗词存稿》主要搜集整理出版三部分内容的资料：一是当代诗词名家的个人作品集；二是当代诗词评论家、诗词学者的学术著作集；三是当代诗词作品、诗词理论学术成果阶段性、专题性、地域性的集成类作品集。诗词作品强调精品意识，沙里淘金，把"有筋骨、有道德、有温度"的优秀诗词作品搜集起来。诗词评论、研究类资料强调理论性和创新性，应具有鲜明的个性特点，具有创建性的见解。集成类的资料应有一定的史料保存价值。总之，做成一套具有当代价值和历史意义的好书。在此，我们编委会人员，向提供资料、筛选编辑、版面设计、校对勘误，包括所有为这套资料付出辛勤劳动的同志们，表示真诚的谢意！

郑欣淼
二〇一九年七月于北京

自　序

　　八七年高考我改了现在这个名字，沿用至今，但也只能算作笔名而已。我本姓昌。昌姓在中国是个小姓，主要分布在南方某些省份。就我这一支而言，对文学的爱好似乎有着某种遗传的因素。祖上虽不曾出过有名的文人乃至诗人，但父辈多教语文出身，先父更是兼擅书法，兄弟乃至子侄辈普遍长于文科而不擅理工科，在我身上可能体现得尤为明显。这要搁在封建科举时代，只考察背诵功夫，固然轻松而又愉快。但在普遍重视理工科的当代社会，这点可怜的文学细胞恰恰成了难以克服的先天性的劣势。整个中学时代，我为了数理化还有英语，简直备受煎熬，成绩嘛，就可想而知了，所幸文科弥补了一大部分，这才侥幸跨入大学门槛。直到前些年，还时常在梦里为数学或英语考试答不上来而遽然惊醒，一摸额头，大汗淋漓！可见中学时代给我造成的苦恼之深之巨了。

　　然而，相比之下，我仍然宁愿选择活在当今，而不愿回到古代。考试还在其次，关健是生计啊。清代诗人黄仲则曾经说过："四海谋生拙，千秋作计疏"，以诗人而名垂千古，作计未必疏，而他也成功了，所以，后一句乃自谦，前一句才是写实。对于我国古代两千多年的读书人来说，种田不甘心，经商不体面，除非彻底脱离红尘，遁入佛道，唯一的出路便是通过各种途径，步入仕途。如果仕途不得意，要么直接挂冠归里，要么直接投入大牢，押上刑场，所谓"当途者升青云，失路者委沟渠。且握权则为卿相，夕失势则为匹夫"（扬雄《解嘲》），其间根本就没有回旋的余地。有时真为我国古代诗人感到说不出的悲哀。如果系统地加以考察，在我国古代，诗人们的平均寿命极有可能是最短的，而他们的生存质量甚至连井市平民都不如！普通人生于贫贱，死于贫贱，也许并不感到太多的痛苦，但诗人是其中富有智慧和理想的一群，他们不安心困在这个鲁迅先生所谓的铁屋子里，四面冲撞，直到把自己碰得头破血流仍不肯放弃努力，看看那些震撼人心的诗词曲赋，又有哪一首不是从血泪中开出来的鲜艳的花朵呢？

生活在价值多元化的今天，我辈应该感到庆幸。作为诗人，哪怕是像我这样的旧体诗人，出路也较古人不知多了若干倍。我们不仅能够相对自由地写诗，比如我还能作为诗歌编辑而获得一份体面的工作，不必像古代的诗人为了生计，四海奔波，仍然不得温饱。所以，我们应该感到知足了，应该而且必须写出更好的诗篇，以此告慰两千五百年来诗人们悲苦忧伤的灵魂。

知命之年，不应多求，亦无须多求，要在知足，且家临拒马河，故颜斯集曰《饮河集》。

江岚

2018 年 9 月 1 日于涿州水岸花城

目　录

总序 ·· 郑欣淼1
自序 ·· 1

五古

读书 ·· 3
读《龙性难驯——嵇康传》有感 ······················· 3
阮籍 ·· 4
山涛 ·· 4
向秀 ·· 4
阮咸 ·· 5
刘伶 ·· 5
王戎 ·· 5
步月 ·· 6
午觉闻邻家外国名曲 ··· 6
杂感 ·· 6
　　（一）··· 6
　　（二）··· 7
冬日周末与周志杰兄游琉璃厂 ··························· 7
过光山望大小苏山 ··· 8
工运学院晚来望月 ··· 8
庚辰七月游陶然亭之沧浪亭 ······························ 8
　　（一）··· 8

（二）……………………………………………… 9
苏州过曲园……………………………………………… 9
咏曲水亭 ……………………………………………… 10
故园冬日杂忆（选二）………………………………… 10
　　　（一）……………………………………………… 10
　　　（二）……………………………………………… 10
偶作……………………………………………………… 11
西客站送别……………………………………………… 11
见瓶中难老泉水有怀晋祠并寄永清兄………………… 12
日暮颐和园见野鹜独游，为之凄然…………………… 12
读《庄子》……………………………………………… 12
壬午秋日与同事二百余人登陈家堡古长城遗址偶见… 13
谒成吉思汗陵有感……………………………………… 13
谒扬州梅花岭史可法祠………………………………… 14
过台前县将军渡有怀刘邓二公………………………… 15
丙申秋日谒光孝寺……………………………………… 15
借调诗刊社，来回乘车有感…………………………… 16
　　　（一）……………………………………………… 16
　　　（二）……………………………………………… 16
　　　（三）……………………………………………… 17
十五望月………………………………………………… 17
都门夏日杂咏…………………………………………… 18
　　　（一）……………………………………………… 18
　　　（二）……………………………………………… 18
　　　（三）……………………………………………… 19
　　　（四）……………………………………………… 19

夜蝶	20
过南阳医圣祠	21
观拴驴泉曹魏正始年间摩崖石刻有感	21
过唐布拉巴尔盖提温泉	21
过迁西青山关长城	22
丙戌岁首咏怀	22
（一）	22
（二）	23
（三）	23
（四）	24
（五）	24
（六）	25
得子述怀	25
过那拉提空中草原望雪山	26
过特克斯观库克苏河上瀑布	27
过喀拉峻大草原	28
忆丙戌七月过那拉提小住晨望偶忆极乐寺善意师	29
葬龟词	29
过桦甸红石林场	30
过庐山含鄱口即景	30
过汤旺河地质公园咏怪石效退之体	31
过榆溪镇北台及红石峡	32
饮酒	32
（一）	32
（二）	33
（三）	33

（四） ………………………………………… 33
　　（五） ………………………………………… 34
　　（六） ………………………………………… 34
　　（七） ………………………………………… 34
　　（八） ………………………………………… 35
　　（九） ………………………………………… 35
　　（十） ………………………………………… 36
　　（十一） ……………………………………… 36
冬日杂咏 ……………………………………………… 36
　　（一） ………………………………………… 36
　　（二） ………………………………………… 37
　　（三） ………………………………………… 37
　　（四） ………………………………………… 37
　　（五） ………………………………………… 38
　　（六） ………………………………………… 38
　　（七） ………………………………………… 38
　　（八） ………………………………………… 39
　　（九） ………………………………………… 39
读《历代律诗精华》咏诸七律名家 …………………… 39
　　杜工部 ………………………………………… 39
　　刘长卿 ………………………………………… 40
　　李太白 ………………………………………… 40
　　王右丞 ………………………………………… 40
　　刘梦得 ………………………………………… 41
　　李义山 ………………………………………… 41
　　杜牧之 ………………………………………… 41

许浑 …………………………………… 42
　　苏东坡 ………………………………… 42
　　黄山谷 ………………………………… 43
　　陆放翁、元遗山 ……………………… 43
　　王士祯 ………………………………… 43
　　黄仲则 ………………………………… 44
《三国演义》读后 …………………………… 44
　　刘备 …………………………………… 44
　　关羽 …………………………………… 44
　　张飞 …………………………………… 45
　　赵云 …………………………………… 45
　　司马懿 ………………………………… 45

七古

丁酉秋日过秭归谒屈祠 ……………………… 49
读《史记·司马相如列传》 ………………… 49
感士不遇 ……………………………………… 50
读《李太白集》 ……………………………… 51
咏长白山岳桦林 ……………………………… 53
壬午秋日与同事二百余人登陈家堡古长城遗址 …… 54
过伊犁咏马 …………………………………… 56
赴那拉提道中 ………………………………… 57
往唐布拉途经一山谷偶见 …………………… 58
甲午春日过兰考忆焦裕禄 …………………… 59
读唐浩明先生《旷代逸才——杨度传》 …… 60
乙未孟冬谒开化根宫佛国归作长歌 ………… 62

丁酉夏日过涿鹿黄帝城……………………………………… 63
丁酉春日过吴江松陵路怀姜白石…………………………… 64
丙申秋日过六榕寺怀苏东坡………………………………… 65
丁酉初冬自涿州赴成都道中………………………………… 66
丁酉孟冬过成都访琴台遗址不遇…………………………… 67
戊戌夏日过大足荷花山庄…………………………………… 68
春日过梅岭拾玉偶感………………………………………… 69
戊戌春日登正定复建之古城墙……………………………… 70
过唐寅故居…………………………………………………… 70
书怀…………………………………………………………… 71
题《昌谷集》………………………………………………… 72
春日游龙门…………………………………………………… 74
过张飞擂鼓台………………………………………………… 75
望月吊李太白………………………………………………… 75
晋祠周柏……………………………………………………… 76
忆八月游山西归途闻过韩信点将台………………………… 76
嵩阳书院汉柏歌……………………………………………… 77
咏小楼镇盘龙古藤…………………………………………… 77
过那拉提……………………………………………………… 78
过九曲十八弯………………………………………………… 79
过景阳岗吊武松庙…………………………………………… 80
过梁山寨怀宋江……………………………………………… 81
重过曹妃甸…………………………………………………… 82

五 绝

壬午春末游十渡杂咏（选三）	85
（一）	85
（二）	85
（三）	85
壬辰岁晚过西塘杂咏（选四）	85
（一）	85
（二）	86
（三）	86
（四）	86
丁酉夏日过灵璧谒虞姬墓	86
过陈子昂读书台观臭石，传为段简所变	86
乙未春雨过敬亭山生态园瞻太白像步其《独坐敬亭山》原韵	87
那拉提空中草原望雪山	87
夏日小区雨后偶作	87
（一）	87
（二）	87
（三）	88
天目湖杂咏	88
（一）	88
（二）	88
（三）	88
日暮过十思园观睡莲	89
春节在庙川十余日饮酒几无虚日戏作	89
春暮	89

题《昌谷集》……………………………………… 89
雨后……………………………………………… 90
咏松……………………………………………… 90
九月十四日晨始闻秋风………………………… 90
梧桐……………………………………………… 90
闻蛩……………………………………………… 91
窗外即景………………………………………… 91
书怀……………………………………………… 91
忆故园…………………………………………… 91
　　（一）……………………………………… 91
　　（二）……………………………………… 92
　　（三）……………………………………… 92
　　（四）……………………………………… 92
自和顺赴大寨途中偶见………………………… 92
忆吴店镇………………………………………… 92
雁………………………………………………… 93
两游香山不见红叶有感………………………… 93
灯………………………………………………… 93
观白雪石先生《春江泊舟》…………………… 93
观白雪石先生《空山飞瀑》…………………… 94
观白雪石先生《云壑松声》…………………… 94
观明清画意……………………………………… 94
树下与雷强兄坐………………………………… 94
待月……………………………………………… 95
清晨偶见………………………………………… 95
秋槐……………………………………………… 95

过迁西喜峰口大刀园 …………………………… 95
偶作 ……………………………………………… 96
小径 ……………………………………………… 96
丹河晚眺 ………………………………………… 96
过南山观音寺 …………………………………… 96
戊子四月下旬赴榆次参加晋商诗书画研究院
　　成立仪式途中 …………………………… 97
　　（一）………………………………………… 97
　　（二）………………………………………… 97
咏长白山天池怪兽 ……………………………… 97
过绿渊潭 ………………………………………… 97
过桦甸白山湖发电站 …………………………… 98
参观王震率师开发北大荒纪念馆 ……………… 98
过唐山大地震遗址 ……………………………… 98
春日过东固访富田事变发生地王家祠堂 ……… 98
辛卯秋日过原平石鼓祠怀介子推 ……………… 99
过杨家岭望毛泽东种过的菜园 ………………… 99

七绝

辛卯春过东阿县吊陈思王墓 …………………… 103
辛卯岁末过曲阜访孔庙 ………………………… 103
过徐州铜山区汉王镇观拔剑泉 ………………… 103
过廿八都古镇观音殿及文昌阁 ………………… 103
癸巳秋日过江郎山，时天阴多雾，三爿石隐约可见 …… 104
甲午夏日重游喀拉峻 …………………………… 104
　　（一）………………………………………… 104

（二）··104
赴唐布拉途中见一处群峰森然皆铁色，戏咏············104
过台南出延平郡王祠南门见小榕树戏咏················105
过泾县桃花潭绝句··105
　　（一）··105
　　（二）··105
清晨赴珠日河观那达慕开幕式途中所见················105
科尔沁那达慕开幕式上听蒙族一青年女歌手唱歌········106
戊戌春日登正定复建之古城墙····································106
丙申仲秋随人赴延庆东门营村小住····························106
丙申秋日赴开化途经郴州有怀····································106
丙申秋日过钱江源··107
丁酉春日重过寒山寺杂咏··107
　　（一）··107
　　（二）··107
　　（三）··107
　　（四）··107
丁酉夏日过灵璧谒虞姬墓··108
丁酉七月二十四日信阳东站感怀····································108
过彭州磁峰镇石门竹海杂咏··108
　　（一）··108
　　（二）··108
秋窗晚望怀友··109
庙川望虎头崖··109
戊戌夏日过大足龙水湖··109
戊戌四月游正定诸佛寺感怀··109

乘船过小小三峡即景 …………………………………… 110
　　（一） ………………………………………………… 110
　　（二） ………………………………………………… 110
春日游封龙山 …………………………………………… 110
过正定荣国府 …………………………………………… 110
戊戌春日过石家庄颐园宾馆后窗即景 ………………… 111
小园春日偶见 …………………………………………… 111
庙川春节杂咏 …………………………………………… 111
　　（一） ………………………………………………… 111
　　（二） ………………………………………………… 111
咏花园村一百零八棵古梨树 …………………………… 112
中秋 ……………………………………………………… 112
秋夜 ……………………………………………………… 112
山村冬晓 ………………………………………………… 112
淮上冬日 ………………………………………………… 113
赠妻 ……………………………………………………… 113
对雪 ……………………………………………………… 113
电影《杨贵妃》观后 …………………………………… 113
读汪精卫狱中诗有感 …………………………………… 114
门前 ……………………………………………………… 114
偶见 ……………………………………………………… 114
戊戌秋日过富顺西湖戏咏 ……………………………… 114
庚辰夏日游颐和园 ……………………………………… 115
午宴后将别八五九农场望乌苏里江 …………………… 115
岁末赴右安门办事过旧居不入 ………………………… 115
过密山口岸有感世界上最窄界桥 ……………………… 115

过东平县旧县乡霸王坟……………………………… 116
咏含羞草…………………………………………… 116
丁亥九月过伊春美溪回龙湾………………………… 116
咏长白山美人松…………………………………… 116
整理书架感怀……………………………………… 117
八月中旬因任征、范峻海先生诗词研讨会
　　过邢台圣马酒庄…………………………… 117
过赛里木湖………………………………………… 117
赛里木湖边别刘军书记亚楠总编一行赴乌市途中…… 117
过伊犁有怀林公则徐……………………………… 118
癸未秋日携妻游西山八大处赏红叶………………… 118
过寒山寺忆张继…………………………………… 118
晨起读《唐人绝句类选》感怀……………………… 118
过山海关怀戚继光………………………………… 119
偶过八宝山人民公墓感怀…………………………… 119
参观新塘西南村…………………………………… 119
观白雪石先生《早春图》…………………………… 119

五　律

夏日泊爱蓝岛晚望………………………………… 123
戊戌春日登状元阁眺天目湖……………………… 123
将赴溧阳重读太白《猛虎吟》有感………………… 123
丁丑除夕言怀……………………………………… 124
悼邓小平同志……………………………………… 124
月夜………………………………………………… 124
纪念香港回归……………………………………… 125

蝉 …………………………………………………………… 125
    （一）………………………………………………… 125
    （二）………………………………………………… 125
咏梧桐 ………………………………………………………… 126
闻燕 …………………………………………………………… 126
操场纳凉 ……………………………………………………… 126
咏松 …………………………………………………………… 127
下班过全总机关后院小花园 ………………………………… 127
游颐和园 ……………………………………………………… 127
庚辰七月游陶然亭之独醒亭 ………………………………… 128
过听枫园 ……………………………………………………… 128
    （一）………………………………………………… 128
    （二）………………………………………………… 128
赴石家庄道中偶见 …………………………………………… 129
过平遥 ………………………………………………………… 129
过平遥县衙 …………………………………………………… 129
壬午春节偕妻及诸弟侄登黄鹤楼 …………………………… 130
壬午夏日咏怀 ………………………………………………… 130
游颐和园 ……………………………………………………… 130
过淅川香严寺 ………………………………………………… 131
    （一）………………………………………………… 131
    （二）………………………………………………… 131
过淅川西施望越台 …………………………………………… 131
岁暮下班过农展桥忽有所感作此志怀 ……………………… 132
谢沙白先生惠赠诗集《独享寂寞》 ………………………… 132
赴朝阳区文化馆"2004年新诗之夜" ………………………… 132

过迁西青山关长城·················· 133
过绵山赏音乐晚会抒怀················ 133
过万荣县秋风楼··················· 133
过悬空寺······················ 134
过霍山尧祠····················· 134
甲申七月过山海关登老龙头遇雨············ 134
过北京植物园梁启超墓园··············· 135
初夏寄呈曾仲珊前辈················· 135
春节过马连道访吴根旺兄··············· 135
秋夜························ 136
　　　（一）··················· 136
　　　（二）··················· 136
咏何仙姑家庙···················· 136
过汉高祖原庙···················· 137
过那拉提空中草原·················· 137
那拉提晚望····················· 137
丁亥仲夏过徐霞客故里················ 138
戊子初冬南方数省久雪成灾感怀············ 138
　　　（一）··················· 138
　　　（二）··················· 138
咏白山湖畔望江阁·················· 139
参观开滦矿山博物馆················· 139
过鲁艺旧址····················· 139
过江山市清漾村瞻毛氏祖宅·············· 140
读《刘宾客集》··················· 140

七律

雨中将别溧阳重谒太白楼 ········· 145
大溪水库坝上望蔡邕读书台 ········· 145
晚泛密云水库 ················· 145
读《两当轩》 ················· 146
九月十四日晨始闻秋风 ··········· 146
忆与孙文长兄游香山 ············· 146
忆昔 ························· 147
六月九日闻蝉 ················· 147
见中巴"北客红叶"标志偶作 ······· 147
玉渊潭冬望 ··················· 148
庚辰元旦抒怀 ················· 148
夜读唐诗有感 ················· 148
都门秋日晚归 ················· 149
过西柏坡诸领袖故居 ············· 149
庚寅八月十七日过晋祠有怀李太白 ··· 149
辛巳岁暮过前门城楼 ············· 150
忆八月游山西归途闻过韩信点将台 ··· 150
为纪念李太白诞辰一千三百周年作 ··· 150
　　（一） ··················· 150
　　（二） ··················· 151
　　（三） ··················· 151
秋日登滕王阁怀王勃 ············· 151
　　（一） ··················· 151
　　（二） ··················· 152
读《四海宗盟五十年——钱谦益传》 ··· 152

（一）……………………………………………… 152
　　（二）……………………………………………… 152
夜读有感…………………………………………………… 153
读《宋史·岳飞列传》…………………………………… 153
　　（一）……………………………………………… 153
　　（二）……………………………………………… 153
借调诗刊社，来回乘车有感……………………………… 154
深秋乘车去《诗刊》社上班路上偶感…………………… 154
过晋城偶闻珏山有青莲寺作……………………………… 154
甲申元月赴太原"新田园诗大赛"
　　十周年座谈会重过晋祠……………………………… 155
都门喜王震宇兄过访……………………………………… 155
读《庄子·逍遥游》感时偶作…………………………… 155
过中岳庙…………………………………………………… 156
过代县雁门关东陉关……………………………………… 156
和赠时新吟长……………………………………………… 156
村居………………………………………………………… 157
　　（一）……………………………………………… 157
　　（二）……………………………………………… 157
谒光山慧思结庵处………………………………………… 157
过蓝天渡假村……………………………………………… 158
忆甲申元月夜游晋祠子乔祠……………………………… 158
西单图书大厦购书有感…………………………………… 158
秋晚乘车过南护城河边即景……………………………… 159
赴廊坊"龙河金秋"笔会欣赏义和团军乐曲…………… 159

丁亥夏应伊犁州建设局刘军书记和伊犁晚报
　　王亚楠总编之邀与杨志学主任漫游天山志感……… 159
过八卦城伏羲庙…………………………………………… 160
乘飞机赴伊犁有感………………………………………… 160
惊悉汶川大地震感怀……………………………………… 160
丙申秋日过钱江源………………………………………… 161
辛卯春过东阿县吊陈思王墓……………………………… 161

六言

过迁安戏代挂云峰赠别…………………………………… 165
娇女诗（选四）…………………………………………… 165
　　（一）………………………………………………… 165
　　（二）………………………………………………… 165
　　（三）………………………………………………… 165
　　（四）………………………………………………… 166
题吴江同里照片…………………………………………… 166
退思园某院有匾似留人复似留心，戏题……………… 166

词

奉和柏扶疏先生《永遇乐·太行秋吟》………………… 169
金缕曲·和赠贺兰吹雪…………………………………… 169

诗词评论

五音若繁会，妙韵始天成………………………………… 173
坐而论道，起而行之……………………………………… 181
仁者襟抱，雅士风怀 ——孟庆武先生诗词读后 ……… 186

沧海横流日，诗人安可归 ——简评刘光第遗诗 ········ 197
空灵沉郁嗟双美，幸福成功钟一身
  ——王建强诗词读后 ················ 203
附录一：恬淡与刚健的融和魅力
  ——江岚诗质地漫议 ················ 208
附录二：江岚其人其诗 ····················· 220
附录三：《丁酉秋日过秭归谒屈祠》读后 ·········· 225

五古

读书

人间千万事，最爱是读书。
一卷倘在手，顿觉烦恼无。
神游八极外，与古共徘徊。
谁曰古人死？音容犹可怀。
文章垂竹帛，岁月岂能磨！
望中如有待，不敢恨蹉跎。

读《龙性难驯——嵇康传》有感

嵇　康

矫矫云中龙，肃肃松下风。
我思嵇叔夜，何处访遗踪？
怜君生魏晋，进退皆不容。
无奈抱孤愤，同游竹林中。
所谓七贤者，各自有穷通。
唯君乃强项，死亦不卑躬。
遂令溅血地，千秋吊鬼雄。

阮籍

《咏怀》八十首,亘古莫能俦。
谁知作诗者,中心多隐忧?
才高逢乱世,空解为身谋。
故人已被杀,生死可悠悠。

山涛

生前已绝交,身后却托孤。
以此知叔夜,未与山公疏。
虽作司马臣,不失一丈夫。
只是三公贵,还游竹林无?

向秀

子期《思旧赋》,一读一潸然。
想见作赋时,先生也悲酸。
山阳忆高会,竹林称七贤。
二公久零落,知音更谁弹?

阮咸

仲容南阮住，常穿犊鼻裤。
晾在竹竿上，睥睨北阮富。
闲来弹琵琶，不觉天地暮。
竹林长在眼，望望成久伫。

刘伶

伯伦岂病酒？盖以酒自全。
尝作《酒德颂》，风神何洒然。
偶寄一参军，五斗共开颜。
妇人尔何知？壶中别有天。
最好死便埋，只要近酒泉。

王戎

安丰真高士，富贵仍守贫。
贪吝以自污，赖此偶全身。
居家重节俭，唯酒任尔斟。
忆同嵇阮辈，饮酣向竹林。
黄公酒垆在，二贤已成尘。
人间何寂寞，又是一番春。

步月

青天一轮月，低挂树枝间。
闲庭小立处，更深思悄然。
空里闻落叶，不禁秋气寒。
归坐孤灯下，沉吟到夜阑。

午觉闻邻家外国名曲

邻舍西洋曲，缥缈若天涯。
何况是午后，梦醒对落花。
其义虽不解，闻声自可嗟。
始知动性者，一样损年华。

杂 感

（一）

人生有底忙？且尽酒千觞。
况此秋月好，遥闻桂花香。
恍惚隔尘世，了不知羲皇。
一斗诗一首，自觉颇悠扬。
却笑名利客，终古恼断肠。

（二）

有客送水仙，养护在玉盘。
青石八九枚，犹含古时烟。
堆聚在根旁，野趣便盎然。
看看吐新叶，娉婷不胜寒。
忽疑是洛神，弄影碧波间。
子建今何在？且此共盘桓。

冬日周末与周志杰兄游琉璃厂

平生有书癖，爱逛琉璃厂。
自从客京华，不知几来往。
周末多闲暇，此地复清爽。
便可共游遨，暂得出世网。
道旁夹古槐，怀古每怅惘。
今古亦何殊？何必劳梦想。
文物满地摊，如今更谁赏？
日午上酒楼，对酌二三两。
携书归来晚，斗室自偃仰。

过光山望大小苏山

大小二苏山,横亘在云里。
苍苍皆松柏,势若凌风起。
传闻苏东坡,谪向此中过。
曾游净居院,题诗在山阿。
斯人去已久,名字犹在口。
始信重山岳,千载不能朽。

工运学院晚来望月

满月大如轮,徐徐上天庭。
众星皆隐耀,四顾何空明。
独步小园里,浑觉忘营营。
不知林间鹊,何事尚飞鸣?

庚辰七月游陶然亭之沧浪亭

(一)

一片沧浪水,流尽几多秋?
何限名利客,曾此泛轻舟。
来亦不必劝,去亦不必留。
要当适其性,物我本悠悠。

(二)

借问屈大夫，何处是沧浪？
我有一叶舟，暂系古柳旁。
他年不得意，仍来泛斜阳。
在世而独醒，空令我心伤。

苏州过曲园

太史真长者，居处名曲园。
岂是一曲士？名为四海传。
遗墨犹在壁，青简满目前。
章句非吾爱，大义未敢窥。
却叹哲人死，故居转衰微。
而今作茶舍，茶烟绕梁飞。
闲人自往来，一壶澹忘归。
我游小园里，四顾静悄悄。
墙角桂花发，幽香醉人倒。
便坐长廊下，小睡一何好。

咏曲水亭

苟有会心处，何必远人间？
杯水即五湖，片石乃丛山。
且持一壶酒，卧游在窗前。
颓然不觉醉，倒头便成眠。

故园冬日杂忆（选二）

（一）

槐树何嶙峋，百尺荫老宅。
阅历几辈人？忽已成永隔。
春叶不禁秋，风雪苦相迫。
莫怪不言归，我归亦是客。

（二）

先父丘垄在，凭谁祭杯酒？
不归已五年，相望应白首。
岁寒百草枯，月明霜风吼。
空谷唯落叶，犹绕孤坟走。

偶作

十里长安道，站牌知多少？
总有候车人，去来何纷扰。
时凭窗前望，一望一回老。
浮生本似寄，将归何处好？
家亦旅馆耳，人死迹如扫。
叹息六道中，漂转几时了。

西客站送别

黯然销魂者，人间唯有别。
怕到站台送，长恐便永诀。
况值寒冬时，暮天正飘雪。
等闲一挥手，不觉声悲咽。
风尘皆不易，壮心久消歇。
此去各珍重，无令音书绝。

见瓶中难老泉水有怀晋祠并寄永清兄

我爱难老泉,宛如碧玉流。
曾舀一瓶归,供之在案头。
暇时两相对,长忆晋祠游。
楼阁应无恙,风雨已深秋。
君莫更重过,飒飒使人愁。

日暮颐和园见野鹜独游,为之凄然

君岂爱江湖?漂泊一身孤。
日晚皆有归,尔独尚沉浮。
深水藏杀机,高天布网罗。
茫茫天地间,无处堪作窠。
性命不自保,在世奈尔何。

读《庄子》

人间无至者,庄叟空谈道。
尝观内外篇,何意更烦恼。
物我本非齐,形神不同老。
世事千万端,哪可一例扫!
所谓旷士怀,其实不得好。
谁能舍大患?徒想安期枣。

壬午秋日与同事二百余人登陈家堡古长城遗址偶见

我登烽火台，旷望极九垓。
山川何萧索，高下唯烟霾。
忽见台基上，紫花一株开。
依依如旧识，盈盈待客来。
相扶留小影，惜别无好怀。
归看瓶中花，令余惊若呆。
原是勿忘我，临窗几徘徊。

谒成吉思汗陵有感

大漠伏苍狼，一旦奋其爪。
上天若假寿，寰球不足扫。
犹期扫顽云，重使日月皎。
五代久割据，辽金苦征讨。
兵燹数百年，非君几时了！
奈何射雕儿，杀戮以为宝。
但夸马鞭长，安知教鞭好。
骤雨不终日，兴亡何草草。

谒扬州梅花岭史可法祠

峨峨史公祠，门对史公桥。
客从桥上过，相望悲寂寥。
帽翅平不动，端坐大殿高。
浓黑一剪影，森森自前朝。
入门多银杏，岁晚黄叶飘。
腊梅掩映处，孤坟尚嶕峣。
手书赫然在，忠愤起我曹。
事往数百年，十日恨难消。
清兵固兽类，于彼复何论？
哀我大汉族，屡屡悲陆沉。
地广人且众，可惜散如尘。
亘古耽内讧，至今不相亲。
每惹四邻笑，难教列邦尊。
滔滔苍生血，悠悠壮士魂。
崇祠徒相望，九州合复分。
是岂有定数？莫遣罪苍旻！
吏道系国脉，吏坏则国坏。
权力无制衡，久必生腐败。
当其大厦倾，一木安可赖！
空垂英雄气，长歌动万代。

过台前县将军渡有怀刘邓二公

滚滚黄河水，离离白杨树。
弹指七十载，流光疾如注。
二公逝已久，犹传将军渡。
兵发中原日，马嘶惊涛处。
空余浮桥在，摇荡天地暮。

丙申秋日谒光孝寺

文章传世远，富贵逐烟灭。
君看越王殿，忽作虞公宅。
海角起绛帷，弟子常数百。
弦歌听已遥，词林犹翠色。
莫恨骨相屯，高洁鉴明月。
莫恨无知己，千秋多吊客。
而我亦何恨？凭轩且暂歇。

借调诗刊社,来回乘车有感

(一)

百尺农展桥,横跨东三环。
两侧多槐树,蔼蔼如碧烟。
行人上下桥,恍若在深山。
长条隔尘世,密叶布栏杆。
槐花似繁星,摇曳树枝间。
倾耳寂无声,相拥一何喧。
自开仍自落,与世自悠然。
忽忆顾长康,山阴共往还。

(二)

故乡已久别,终生不欲归。
如何故乡雪,犹绕蓟门飞?
春去又长夏,与人仍相随。
细看却不似,香微色半非。
却是青槐花,吟罢首空垂。

（三）

故乡暮春时，百里尽槐花。
远望似白云，掩映万人家。
闲行花树间，醉若饮流霞。
燕过拂花落，蝶舞顺风斜。
游蜂狂采蜜，嗡嗡满枝桠。
春来群动喧，此间倍喧哗。
寂寂日将晚，远近野烟遮。
田家携锄归，青山入望赊。
饭罢乘凉出，箕踞话桑麻。
满地月如水，张天雾似纱。
槐花转朦胧，清夜一何佳。
举头望银汉，翛然思乘槎。
忆此空惆怅，萧萧鬓欲华。

十五望月

金乌将西坠，玉兔又东升。
爱此三五夜，天宇一何明。
今古几人望？秋来倍含情。
诗肠犹自热，月色其如冰。
何必耽佳句？浮世更浮名。

都门夏日杂咏

(一)

神仙何茫茫，我宁信其有。
世界若恒沙，生命复已久。
未必苍穹外，熙熙无飞走。
纵有何关我？形影空自守。
红尘多烦恼，愁极唯把酒。
酒薄不解醉，对月频搔首。
有身有大患，无形无掣肘。
安得化作云，变幻任衣狗。
何必声与名，千载期不朽。

(二)

荡荡三环道，车流何熙攘。
乘客如片叶，随波自偃仰。
嗟余若独游，泛然无所想。
盛夏苦炎蒸，四顾心怅惘。
风生槐树下，落花动地响。
知了知何事？终朝哭又嚷。
垂垂日向昏，阴霾遮天涨。
西山犹在眼，安得便长往。

（三）

半瓶矿泉水，凑合洗把脸。
应是打工者，漂泊无人管。
行李卸满地，呼哧气犹喘。
几曾见城市，赫然已在眼。
楼高入青空，大道何平坦。
人车汇成河，奔腾如浪卷。
白发难久居，谁能坐偃蹇！
自信身手好，不觉人心险。
五岳起方寸，莫肯共肝胆。
淘金反送命，历历在竹简。
何若归田庐，闲看枫林晚。

（四）

天地未开辟，万象入鸿蒙。
团团如鸡子，浩浩只长风。
人类几时有？陈迹渺无踪。
唯余江河水，日夜流淙淙。
小智谋小利，大智逞豪雄。
窃国盗天下，千秋乐未终。
叹息马蹄间，苍生安可容？
被驱如犬羊，惶惶任西东。
犹幸冷兵器，杀人费首功。
斯人真多事，导电下苍穹。

岂不利民生？倍令硝烟浓。
科学双刃剑，物欲何汹汹。
权衡得与失，已恐违初衷。
人类难自救，忧心独忡忡。
却羡古时人，闲游山林中。
安步以当车，无罪以为荣。
朗吟复小酌，物我乐融融。
回首长已矣，愁对夕阳红。

夜蝶

蝶翅大如轮，五色粲生光。
寂寥若仙子，翩翩舞霓裳。
翱翔白日晚，夜深犹徜徉。
百物不能害，视之目尽盲。
独许庄生见，翻疑在梦乡。
相对不相识，彼此费端详。
一气岂有别？变化本无方。
我愿呼作朋，飘摇出八荒。

过南阳医圣祠

医人复医国，先生真健者。
医人堪作圣，医国想亦可。
儒医虽同道，其奈有用舍。
不若自悬壶，风雨任一舸。

观拴驴泉曹魏正始年间摩崖石刻有感

前人偶乘兴，雪泥留鸿爪。
累我汗湿衣，翘首苦寻找。
不过大如掌，竟尔视作宝。
漫灭不可认，况乃齐树杪。
揣摩古人心，心事必未了。
故此垂文字，欲令后世晓。
空山劳想像，云烟何缥缈。

过唐布拉巴尔盖提温泉

一泓深涧水，澄澈号天池。
其源杳难测，随山任所之。
忆濯温泉罢，晞发近午时。
小松何娟娟，照影弄幽姿。

过迁西青山关长城

木石筑长城，长城非木石。
苟无壮士守，墙高复何益！
我过青山关，怀古伤日夕。
敌台颓犹在，难寻戚公迹。
虎卧十六年，蓟门烽火息。
使公生明末，满清安敢逼！
惜哉无斯人，九州陷锋镝。
卫国思飞将，哀世百忧集。
千峰对搔首，向晚何岑寂。

丙戌岁首咏怀

（一）

在上乃青天，在下是黄泉。
俯仰无所愧，长怀一寸丹。
用可补天裂，退堪保瓦全。
富贵何足道？生死亦等闲。
咄咄书空处，壮气自回旋。

（二）

观书知进退，阅世嗟艰难。
偃卧北窗下，重温五千言。
夫唯无所争，出处得悠然。
四时聊吟啸，一壶足酣眠。
独惭不嗜酒，醉来烧肺肝。
简淡却宜茶，味苦久生甘。
况此赏清乐，忽若在林泉。

（三）

严冬终有尽，阳春会到来。
即今故山杏，冲寒想已开。
花光明积雪，村野无纤埃。
昔年表兄弟，树底频往来。
高谈惊花落，飘飘点苍苔。
语笑犹盈耳，斯人安在哉？
总角便聪明，为学期成材。
结交既非类，溺爱成祸胎。
漫逐打工潮，一去不复回。

（四）

微躯赖天佑，行行向不惑。
多少英雄士，二十已殒落。
念此令人悲，退藏甘如蠖。
编诗以为业，薪薄有所乐。
禀性犹耿介，世事叹错莫。
回首金马门，惘然若寥廓。

（五）

七贤游竹林，解衣任盘礴。
饮酣纵高谈，风神何洒脱。
俱是素心友，况兹远城郭。
市声飞不到，野芳开灼灼。
美景甘嘉遁，乱世耻苟活。
玉山一旦崩，琅玕尽摧折。
唯余黄公垆，寂寂横六合。

(六)

偶饮文君酒，长忆青衫客。
旦题石桥去，暮侍君王侧。
才高不言贫，娶妇真国色。
且抽雕龙手，效彼于飞乐。
白日齐当垆，清宵共弹瑟。
想穿犊鼻裤，翩若缑山鹤。
如何羡驷马，重返长安陌。
却向茂陵下，著书遣寂寞。
酒香飘千载，逸韵存寥廓。
把卷望星空，精爽犹闪烁。

得子述怀

生女吾所爱，生男过所望。
素来不好德，天恩岂徒降？
闺女慧且贤，足堪慰老尚。
婚嫁一时毕，颓然容自放。
一朝忽得子，中心反惆怅。
造物不弃余，家族待兴旺。
安敢怕辛劳，从此厌疏旷。
稚儿幸顽健，月余便强项。
雅不喜平抱，竖必出肩上。
瞪目四顾久，每作沉思状。

怜汝心气高，哀汝齿未壮。
立起辄吐奶，吐罢似已忘。
展臂复踢腿，虎啸动蚊帐。
嗟余近不惑，得子尤欢畅。
半生终有补，回首几踉跄。
所耽仍苦吟，所剩唯益戆。
鄙性空自愧，微愿倩谁谅？
诗心比莲苦，诗才逐恨涨。
况今诗道衰，物欲汩难障。
不强汝学诗，舍此却悢悢。
勿求富与贵，切戒庸而妄。
付汝万卷书，终究知取向。
温彼《责子》篇，不觉转悲怆。

过那拉提空中草原望雪山

天山久别后，嵯峨尚眼前。
不知岁将暮，更添几许寒？
忆游那拉提，咫尺未可攀。
白云不出岫，苍鹰独自还。
立马空延伫，中心何惘然。
皎皎千峰雪，郁郁万壑杉。
望里毡房小，镇日袅青烟。

过特克斯观库克苏河上瀑布

上善莫如水,无地不相宜。
顺逆随所遭,何尝计高低。
况此无何乡,无物恼断肠。
苍崖蹲似虎,白云散作羊。
草铺连天碧,花开带雪香。
出山还入山,朝阳复夕阳。
了不闻尘嚣,悠悠送年光。
如何侧耳听,似有不平声?
斫地起飞瀑,风激万鼍鸣。
巨石相对出,断岸矗千层。
浊浪沸如浆,烟气日蒸腾。
仿佛知内热,一为吐峥嵘。

过喀拉峻大草原

万仞喀拉峻,目极何苍莽。
远峰纤若指,平冈厚如掌。
双掌合未拢,涧水细细淌。
凭崖伫听之,琴韵绕山岗。
云杉增肃穆,鹰唳生怅惘。
盛夏草芊绵,花开遍地响。
映日雪山白,临风沁脾爽。
牛羊无拘束,三三或两两。
骏马更悠闲,或立或横躺。
幸逢太平代,万类任偃仰。
羡汝哈萨克,风光恣欣赏。
一鞭驱岁月,傲然成独往。
宾主毡房坐,语笑声朗朗。
嘉宴宛如昨,至今劳梦想。

忆丙戌七月过那拉提小住晨望偶忆极乐寺善意师

本是青山客，无端坠尘网。
忽忽四十年，回首恒惘惘。
不合耽苦吟，寥落在天壤。
每诵《归去来》，薜萝思长往。
何期过天山，幽处容偃仰。
危峰展作屏，胡杨连成莽。
夏草何荣荣，清溪昼夜淌。
闲房隐翠谷，听雨如谈讲。
晨起临小径，日高风气爽。
抱臂自凝伫，悠然无所想。
鸟鸣出深树，白云卧崇岗。
忽忆山中人，似闻孤磬响。

葬龟词

自古称长寿，一旦竟夭折。
电光石火间，黯然成永隔。
闻有中阴界，历历见诸佛。
齐放大光明，垂手俱来托。
欲去莫回首，六道苦漂泊。

过桦甸红石林场

兰生不当户，龙潜必在渊。
巍巍千岁木，往往远人寰。
深藏每幽壑，雄峙向峰巅。
人力不到处，因得保天年。
沦落尘世者，刀斧恣摧残。
或用构华屋，或成爨底烟。
侥幸逃兵火，却遭雷火燃。
端赖神佛佑，偶存寺庙间。
避世兼避人，终须在深山。
众木相掩蔽，豹隐而龙蟠。
浓荫消暑气，叠嶂敌岁寒。
况此禁滥伐，偃仰得悠然。

过庐山含鄱口即景

灵山偶藏面，不见亦琐琐。
其如五老峰，欲别总难舍。
长忆李青莲，曾此避烽火。
报国翻得罪，世事每相左。
三载流夜郎，投老悲坎坷。
沉冤终莫白，似雾犹深锁。
雨洒千秋泪，风落万松果。
凭谁为辨诬？安顿诗魂妥。

过汤旺河地质公园咏怪石效退之体

诵彼《南山诗》,来游汤旺河。
岂为泛舟美?聊因怪石过。
小队四五人,山行幽意多。
拔地尽苍松,垂天张绿罗。
清凉真如海,炎夏奈之何!
向来万峰簇,而今剩石柱。
望去应有待,偶坐成良晤。
或似龟曝背,或似蛇腾雾。
或似猴藏壁,或似豹升树。
或似飞天牛,或似望月兔。
或似观音慈,或似钟馗怒。
或似两劲敌,相逢于狭路。
又或似爱侣,执手吐情愫。
奇怪安可悉?皆为化工塑。
何言太岑寂?请听无声处。
刻画又摩挲,风雨朝复暮。

过榆溪镇北台及红石峡

榆关傍榆溪,水深安可济!
咫尺限胡马,不得窥汉地。
迩来数百年,荒垣嗟久弃。
空留镇北台,雄雄入云际。
冲寒一登眺,苍茫生古意。
不见古时人,幸有古人迹。
摩崖多榜书,佛屋犹历历。
雪后山河美,徘徊耽幽寂。

饮酒

(一)

饮酒三十年,而今始觉甜。
问君何如此?中心多悲酸。
非酒能忘忧,积习使之然。
一杯便微醺,千杯尚流连。
待月月未出,顾影不成三。
几点寒星在,夜深照我眠。

(二)

历览古人诗，颇怪饮酒多。
笑尔陶渊明，饮酒似饮河。
更怜李太白，醉罢犹长歌。
至今将三十，世事半销磨。
始信诗穷者，不饮又如何！

(三)

环堵太萧然，对酒不成欢。
岂必有所思，百忧落灯前。
起望纱窗外，冬夜暗无边。
明月在何处？曾经照盘桓。

(四)

酒中有至味，不许醒者知。
而我非醒者，饮酒且迟迟。
何物堪佐酒？干花插满枝。
便可慰寂寞，况此月相宜。

（五）

饮酒宜冬夜，深屋地炉热。
围坐二三子，无事不可说。
花生堆满盘，烘得香欲裂。
下酒此物好，两壶忽已竭。
兴尽便分手，空庭犹飞雪。

（六）

有朋远方来，满庭花正开。
置酒花影下，相对共传杯。
夜深明月出，清光照徘徊。
朗咏复高歌，乐极不胜哀。
皆道会面难，世路苦萦洄。
醉时莫相笑，今夕得开怀。

（七）

忆与二三子，携手上酒楼。
雅座亦清洁，画屏绕四周。
千盅难尽兴，月色何悠悠。
安得百年内，长此醉玉钩。

（八）

岁晚多风雪，远望独伤心。
新年何处过？春节又将临。
忆昔团圆日，父子共倾樽。
高堂列红烛，柏枝翠森森。
美味劝举箸，香气何氤氲。
环坐一室内，便觉已微醺。
放关无大小，同乐及良辰。
诸儿尚能战，老父欲鸣金。
兄弟更对垒，誓将高下分。
灯花剪又结，欢声动四邻。
思之杳如梦，几时梦成真。
一从先父去，三载滞蓟门。
除夕每独过，此夜犹苦吟。
苦吟有何益，杯干且重斟。

（九）

正月过十五，春酒竹叶碧。
忆与邻翁饮，围炉话今昔。
家父尚健在，夜深谈犹剧。
炭火暖融融，映得双颊赤。
静听二老言，仿佛知所适。
柴门相送晚，满地月照白。

（十）

风云一百年，天地几翻覆。
诗道也沦丧，高咏空自误。
痴心非不改，为爱诗中趣。
手持一杯酒，花间成踱步。
古人不可见，惆怅日将暮。

（十一）

客从云南来，赠我一囊花。
视之皆蓓蕾，遇水展作霞。
插在铁枝上，灯光映如纱。
岂可无小酌？此时趣更佳。
不觉成微醉，起看月西斜。

冬日杂咏

（一）

问余何所梦？归梦绕家山。
毕竟生养地，久别尚依然。
乔木自荣枯，人事多变迁。
细数无可忆，只是叹流年。

(二)

嗟尔一闲人，何为在机关？
误入七八载，此心犹未安。
于人何所求？于事不胜烦。
终日无精神，蹉跎及华年。
文采亦徒尔，公文有别传。
千人皆一面，千篇如一篇。
若不按规矩，都成野狐禅。
生性复懒惰，秘书哪得闲？
手脑不相应，笔重如坠铅！
何若耽高咏，游心在世间。

(三)

愁苦词易好，欢愉句难工。
遂令雕虫客，甘守一世穷。
自谓诗穷者，颇以穷为荣。
富贵才思减，翻悲江文通。

(四)

人生有不平，端赖以诗鸣。
及其万事足，弃之如短檠。
沉沉多物欲，灵台不复明。
达宦而能诗，寥寥若晨星。

(五)

富贵如可求，我也愿执鞭。
争奈欠诗意，度日太艰难。
不如自琢句，安享一生闲。
从来名利场，寂寥何所欢。

(六)

颇怪古人语，诗穷而后工。
似乎高吟者，永世命该穷。
读罢莎翁传，余意遂不同。
写作堪致富，为文始从容。
何苦守贫贱，唧唧若寒蛩？

(七)

长才即资本，善用便是龙。
若不物于物，万事得从容。
为诗亦如此，能闲始能工。
莫学贾阆仙，辛苦只雕虫。

（八）

诗人几曾达？达者非诗人。
兼济且休休，但求善一身。
诗中有至味，宛若旨酒醇。
苦吟亦陶然，聊以慰沉沦。

（九）

耻同草木朽，所望在千秋。
代变又如何？聊以写我忧。
愧无适俗韵，幸有二锅头。
举杯思古人，独自上高楼。
容易复斜阳，安得便归休。

读《历代律诗精华》咏诸七律名家

杜工部

少陵真健者，七律称独步。
沾溉几多人？蒙蒙似雨露。
至今仰高格，终老知所慕。
气体奈有别，空羡凌云翥。

刘长卿

长卿风调美,恰似春杨柳。
诸体皆擅场,七律亦名手。
取材惜未广,捉襟时见肘。
命意多反复,不能过十首。
思锐而才窄,昔论犹在口。

李太白

盛唐矜意气,握管皆直陈。
谁能拘声律?终朝耽苦吟。
太白期成功,余力作诗人。
发为诸绝句,矫矫安可群!
七古最得意,五律颇用心。
若夫七言律,尚非时所珍。
不然以秉性,岂甘居后尘。
试看凤台咏,何让崔司勋?

王右丞

右丞富才艺,亦颇擅长句。
盛唐第一家,应不愧此誉。
犹伤太偏枯,晚更耽禅趣。
后辈知多少?相揖复前去。

刘梦得

近体中唐后，洋洋成大观。
尤多七言律，才士各争先。
梦得最杰出，赋诗皆可传。
篇章既繁富，气象亦森然。
唯嫌太自我，突兀在眼前。

李义山

诗禁缓缓读，韵味自然生。
方之以乐器，唯应似古筝。
叹息李义山，哀如猿夜鸣。
字字皆含泪，疑是泪所凝。
相对每不欢，欲罢却不能。
感人何至此，真足泣神灵。
翻笑效颦者，扭捏自作声。

杜牧之

牧之作长句，态度最风流。
虽同老杜姓，偏与太白俦。
骨比梦得弱，气较义山遒。
位置四人间，庙食共千秋。

许浑

元人爱丁卯，皆谓得骊珠。
众作全相似，气骨已不如。
公自有佳句，不减郑鹧鸪。
全篇亦妥帖，面目转模糊。
见物不见人，为诗欲何图？
雕缋空劳神，所得尽碔砆。

苏东坡

子美善体物，杰构一何多。
后来穷心力，无非挹余波。
物理与人情，相去能几何？
往往苦重复，如同群雁哦。
若不求新变，难以起沉疴。
中唐开生面，梦得独婆娑。
诗里纵议论，为宋凿先河。
再变至义山，内转愈偏颇。
所描皆心象，外物懒再摹。
三变到北宋，大成于东坡。
心手始相应，张口便是歌。
从此得自在，何似沐阳和！

黄山谷

山谷多妙句，入理复含情。
本自老杜出，敢与造化争。
大多却是铁，黄金点未成。
不过论宋诗，端的赖先生。

陆放翁、元遗山

宗唐而大成，两宋唯放翁。
体物兼写心，丽句一扫空。
奈何九千首，字意颇犯重。
稍后元遗山，其弊亦相同。
故知沿旧辙，诗思有所穷。

王士祯

有清二百载，旧体号复兴。
宗唐或尊宋，各自有所成。
牧斋归山后，渔洋主诗盟。
论才似随州，亦颇善言情。
气韵终嫌薄，难符当日名。

黄仲则

清诗凡几家，独爱黄仲则。
疑是古骚魂，复从九天谪。
庸儿满高位，一第竟难得。
终生未展眉，落落无所合。
苦吟以销愁，愁极却卷舌。
七律骋长才，笔势任曲折。
历历见肝胆，物我了不隔。
真堪新耳目，端不愧先哲。
恰似李东川，凌云振健翮。

《三国演义》读后

刘备

我观刘玄德，才智亦常人。
不过能下士，所以得人心。
知小未知大，家国两不分。
只合桃园住，关张为近邻。

关羽

三国多义士，岂独关云长。
斯人能千古，立身固有方。
奈何恃武艺，为人太张扬。
终是一将才，困死在沙场。

张飞

豪杰皆尚气，英雄多纵酒。
大处能独立，小节却难守。
叹息猛张飞，终死小人手。
忍顾长坂桥，虎威更何有？

赵云

孔明爱子龙，与人自不同。
一旦闻其死，跌足复捶胸。
非唯私交故，为国惜英雄。
救主蹈水火，豪气何纵横。
且能识大义，曾谏伐江东。

司马懿

孔明善用火，无一不成功。
独烧司马懿，苍天却不容。
行藏犹如鼠，屈伸竟是龙。
曹家徒扰扰，终归掌握中。

七古

丁酉秋日过秭归谒屈祠

当年流放屈原者，已被岁月永流放。
当年抱恨怀沙者，翻教百代同仰望。
笑尔称王又封侯，死后无非土一丘。
光争日月《离骚》在，名字长共大江流。
江水滔滔山峨峨，西陵峡口白云多。
新祠高矗秋阳暖，嘉木森森垂女萝。
瘦骨长剑依稀是，殿堂真堪慰蹉跎。
山鬼窈窕犹相待，一樽聊此酹烟波。

读《史记·司马相如列传》

升仙桥畔忆青衫，高车驷马几时还？
景帝好武不好文，却随枚邹到梁园。
梁王宾客皆能赋，置酒平台歌《白纻》。
只言欢乐长千载，谁料人生似朝露！
梁王一去梁园空，独返成都卧秋风。
家徒四壁难久住，更驮行李向临邛。
含情一曲凤求凰，喜得文君共翱翔。
不辞暂将雕龙手，筑个梦乡当故乡。
嗟尔生性本萧疏，何必入世学相如？
须知人道非天道，从来宦途是畏途。
遭逢武皇又如何？当筵耻逐倡优歌。
且向茂陵校书稿，莫依金门叹蹉跎。

乘黄鹤，归去休，月明何处无高楼？
功名事业全抛却，能作辞客也风流。
请看逸采生豪翰，不假飞腾自可传。
但使斯文永不坠，会同日月照尘寰。
锦水东流猿啸哀，长卿去后空琴台。
料得他年来相访，竹林残照独徘徊。

感士不遇

阅尽辞客传，皆道不逢时。
时来复如何？问天安可知。
三闾沉水去，茂陵怨索居。
太史亦何苦？寂寞注虫鱼。
三子当时岂不偶？且谓恩宠能永久。
一朝蝇声乱君耳，风流云散更何有？
寒士落拓固如此，贵若陈王亦幽死。
百回上表求一用，书成皆作糊窗纸。
南唐后主尤可叹，朝夕只以泪洗面。
太宗还赐牵机药，须臾命丧汴水畔。
劝尔书生莫从政，为君为臣俱不幸。
孔孟犹似丧家犬，争教虞翻不认命。
道术不昌学术亡，权术盛行宦术香。
浊世从古莫非然，去去杨朱无事休感伤！
潇洒最是李太白，金门暂游便归来。
举杯啸傲天地间，未尝匍匐在尘埃。

既作小吏也甚佳，还有半俸足养家。
公事移将湖上了，朝衣不解卧平沙。
叔夜何言七不堪？此心到处已悠然。
让他出将还入相，一而不党乃天放。
不然五老峰下结草庐，黄叶林中著道书。
对酒忽忆陶征君，听钟来过支道林。
谈屑霏霏何如雪，振衣绝顶赏明月。
翻笑尔曹叹不遇，不解山水有真趣。
大隐怎及小隐好？江湖一叶任来去。
而今举国重人才，吾徒怀抱或可开。
却叹诗道久陵替，百年弥望遍蒿莱。
振溺起衰非无人，安得把臂上高台？
抵掌笑谈今古事，龙吟鹤唳动九垓。
鸡虫得失休相问，穷达屈伸于我何有哉！

读《李太白集》

诗国五千年，群星何烂然。
今古遥相望，精神永绵延。
初民吟唱皆天籁，零落至今几篇在？
屈平憔悴赋离骚，终古遗恨逐滔滔。
汉魏犹能尚骨力，六朝正声已衰敝。
借问风骚谁能兼？三唐唯有李青莲。
青莲游历遍天下，对酒高歌谈王霸。
刚肠难容世间恶，怒极便学祢生骂。

天降客星古亦闻，唯君号作谪仙人。
谁知才大多杞忧，难禁人间万斛愁。
入世未必堪作宰，只是夙心不肯改。
其如世路多荆榛，书生报国终无门。
即便遇着隆准公，也应无奈逐赤松。
何况明皇爱倾国，文章虽好梦难托。
薄游金门便思归，长安回首首空垂。
少小习得纵横术，成败历历如在目。
自谓一言天下从，坐令百川尽朝东。
却恨六国已烟灭，策士风流成永诀。
只今蹈海有何难！但悲不见鲁仲连。
每过南阳思卧龙，羽扇纶巾向蜀中。
故国月明江水寒，犹对东山忆谢安。
英雄豪杰何其多，仰望云台泪滂沱。
盛世空教作酒仙，长铗归兮莫复弹！
读书本意在苍生，出山岂是为功名？
只要无愧段干木，不妨高卧作长城。
垂老胡尘暗京洛，壮心还欲横大漠。
宗室相斗无是非，班超投笔却投谁？
长流直到蛮荒地，方能消得肃宗气。
归来心平时未平，袖手乾坤独自行。
秋浦风光何窈窕，居人相劝此中老。
何必苦心更求仙？不若携壶眠芳草。
后人爱君不知君，徒劳物议尚纷纷。
未能忘情兼忘世，立功不成立文字。
咳唾随风散珠玉，几曾矻矻就格律！

直教作诗如作人，岂独下笔若有神。
衣钵千载谁能得？只有青丘与仲则。
二公才调颇轩轩，长使人间忆谪仙。
生前曾与青山约，死后便埋青山脚。
还有阆仙来作伴，想君不再恨萧索。
何日一过青山下？休教悲歌泪沾帕。
结个茅庐在深谷，永愿此地学耕稼。

咏长白山岳桦林

长白山下多嘉木，翠盖峨峨连云雾。
窈窕莫过美人松，轩昂谁似白桦树？
八月游客络绎来，高馆争傍秀峰开。
暑退风清宜漫步，闲潭飞瀑供徘徊。
更向绝顶访天池，山道愈陡车愈迟。
忽逢群木何伛偻，皴皮瑟瑟挂满枝。
居人唤作叫化树，大名岳桦今始知。
绕过此林转空阔，青苔黄花何寥落。
地火焚崖尚有痕，罡风凄唳沙石作。
急将短袖换棉装，杯水观罢亦寻常。
独怜岳桦近高寒，倔强势欲傲风霜。
木棉也称英雄树，对此壮气恐难当。
苍松宁折不能弯，安知岳桦虽弯不能折？
恍若复生与任公，去留肝胆两豪杰。
复生视死宛如归，任公留命欲有为。

嗟尔散木亦何待？俯首一任风雪摧。
严风昼夜号，坚冰凛如刀。
蠖屈纵遣培塿下，立身原在万仞高。
斧锯何辞根还在，雷电交加色不挠。
截去犹堪作长剑，好为吾侪破寂寥。

壬午秋日与同事二百余人登陈家堡古长城遗址

十月陈家堡，风劲寒来早。
空山几人家？萧萧尽衰草。
众人远游何到此？为观长城古遗址。
废垒空台依稀在，摩挲恍若读旧史。
羊肠荆棘上下难，独携片石返人间。
残墙逶迤频入梦，沉思前代心惘然。
忆昔诸侯裂东周，烽火连天燃不休。
春秋从来无义战，忍使苍生血泪似海流。
更驱军民筑塞垣，栉风沐雨几千年？
多少白骨始叠成？至今万里尚绵延。
看去何似巨龙舞，谁解当年劳役苦？
峰高路险难跻攀，坠若恨石哪可数！
饥寒无奈犹打骂，可怜匍匐烈日下。
同来几人得同归？空余髑髅共夜话。
却抛父母在高堂，徒令妻子思断肠。
哭倒长城八百里，伤心岂独一孟姜！

筑罢长城复来守，穷山荒漠更何有？
将军帐下袅笙歌，笛中愁闻《折杨柳》。
战尘忽起又忽歇，人命危脆倏已绝。
与子同袍执子手，何期转眼成永诀。
日日翘首望长安，长安更谁忆三边？
达官贵人住高楼，钟鸣鼎食赛神仙。
休对匹夫说兴亡，万家只为一家忙。
漫道兴亡关天下，小民生计总恓惶。
须知为政原在德，得人心者得江山。
强秦高压招众怒，暴隋忽忽逐逝川。
民心可用几曾用？墙颓墙立何太烦。
城头洒遍英雄血，终见胡儿频频入汉关！
我登古城墙，慷慨览八荒。
群山如积甲，高风振穹苍。
鼓鼙犹在耳，人世几沧桑？
忽觉浩浩长城恰似一声叹，凭崖听之何悲凉。
龙蛇争斗徒纷纷，天下终属天下人。
共和开辟新世纪，改革迎来故国春。
从此命运自主宰，试看河山为我添光彩！
允将杯酒祭山川，祝愿神州更莫起烽烟。
人间处处皆乐土，安居如在桃花源。
却把长城绾同心，倩谁高挂国门前？
不然大地为筝尔作弦，信手一拂万人欢。
十年谱就《和平颂》，鸾凤哕哕起长天。

过伊犁咏马

鹤在云霄龙在海，马放天山多逸采。
龙形恰与山相称，昂首顿觉青天矮。
兴至奋蹄追飘风，兴阑侧卧对烟霭。
脱却鞍鞯与辔头，真成天马自主宰。
虎豹虽猛奈尔何？骏骨千金谁敢买？
所恨倾耳几回听，悄然不闻一声鸣。
碧野浩荡逐水草，三五幽谷作闲行。
望去意态何洒然，人来车往了不惊。
长夏溪流带雪寒，终古云杉照眼青。
却认牛羊作同伴，浑忘人世有战争。
铁甲扬威骑兵废，演员走红词客退。
隐居只合在山林，京洛繁华付尔辈。
九陌归来心惘惘，暑气蒸腾人愦愦。
蹄声得得引回首，有马负轭步急碎。
高俊似从伊犁来，犹拖盐车伤憔悴。
向我无端起悲嘶，目送不禁满眼泪。

赴那拉提道中

尝读阮公传，哀彼穷途恸。
士生魏晋半摧折，文章如土知何用？
我年十八游京洛，苦吟廿载嗟错莫。
休唱参军《行路难》，萧萧犹闻风雨恶。
何期大道通西陲，飙车撞得云乱飞。
独许夸父共驰骤，八骏虽快安可追。
七月长杨何轩轩，横空千里张翠幡。
谁言朱夏蒸晒苦？行行多在绿阴间。
风扯不断雨蒙蒙，山川弥望碧茸茸。
忽见垄亩与瓦舍，麦熟景象似关中。
峰高赢得雪满头，烟霏雾敛冷欲秋。
九霄挥斥鹰雷电，四野徜徉风马牛。
细炊生处有毡房，星星点点缀平冈。
群杉簇拥不见人，隐约闻得奶茶香。
看看日西偏，长路仍绵绵。
云白山青处，远眺心怡然。
世途到此何坦荡，步兵同来定开颜。
三五豪俊共幽寻，放怀尽享太古闲。
回眸却笑咸阳道，冠盖崎岖尚往还。

往唐布拉途经一山谷偶见

天山多逸兴，无往不空阔。
何期蝻蚾身，一朝化成鹤。
放怀逐白云，翱翔在碧落。
更上唐布拉，轻车疾似刷。
川平挡不住，直向万山插。
平川已是紧摩天，伸腰每撞星辰翻。
诸峰峨峨劳想像，盛夏积雪尚绵绵。
闻道当年辟此路，两里便有一人不复还。
墓碑赫然百余座，至今森森遍陵园。
山坳何清旷，经过聊伫望。
濯濯皆童岭，寂寂徒相向。
山空水冷风怒号，媚人只有黄花娇。
浅草才能覆地皮，裸土黑似野火烧。
高寒终岁几人来？远客极目不胜哀。
天山何处无云杉？可怜此地独难栽。
忽见小小一毡房，有人披袄守群羊。
数根木桩围作栏，马瘦毛垂了无光。
三伏骄阳不觉暖，何况天阴色凄凉。
哀歌唱与山鬼听，弹琴空断自家肠。
咩咩群羊若相和，羸马俯首为感伤。
何事依旧逍遥在马背，耻叩牛角动君王？
"游牧虽苦自有乐，谁解独乐味偏长。
一任贤者笑狷介，免向浊世叹炎凉。
翻怪尔曹何为者？赢得未老鬓飞霜。"

甲午春日过兰考忆焦裕禄

盐碱白茫茫，风沙黄浩浩。
堪嗟夏秋日，落雨便成涝。
借问此何处？闻是兰考昔年之面貌。
当时号"三害"，肆虐黄河废弃百年之故道。
盐碱地里芳草稀，牛羊徒自向天叫。
风后村落被沙掩，低处庄稼皆雨泡。
灾民流离满长路，泪眼哀哀向谁告？
往来此地无数官，可怜独伤君怀抱！
在任一年更百日，何尝一日得清闲。
探罢风口绘沙丘，勘水偏从暴雨天。
带病长驱五千里，全县灾情始了然。
人生万难都经过，区区"三害"只等闲！
号召干群齐上阵，更借风雷作动员。
翻淤压沙更压碱，防风植槐复植桐。
内涝休言不可治，理顺沟渠好泄洪。
当年已然见成效，谁料隔年斯人难再逢！
噩耗传来万民哭，至今谈起泪眼尚朦胧。
后死诸公各努力，终教兰考焕新容！
四月繁花遍地开，盛妆若迎词客来。
旷野麦苗连云碧，匝地高楼矗成排。
城乡几处瞻雕像？清明扫墓动悲怀。
唯公真爱民，斯民故觉亲。
生为一县主，死作此地神。
神采终古应不灭，焦桐焦槐犹自春。

焦桐百尺张紫盖，焦槐千章吐绿荫。
诸君到来争仰望，不知触目可会心？
树大难免招蠹虫，位高权重当自尊。
但教吏治清且美，上下一心国运自长存！

读唐浩明先生《旷代逸才——杨度传》

天道不可违，人力有时穷。
嗟尔杨晳子，费尽无用功。
帝制成虚幻，鸿图一扫空。
垂白频回首，恍然似梦中。
梦中少年正风流，读书击剑在东洲。
平生有志帝王学，师事先生王壬秋。
师徒相得纵高谈，明杏斋中夜未阑。
先生忽起歌古调，声何激越涕泗涟！
独携书剑赴上国，几回落第叹蹉跎。
陶然亭畔遇静竹，淡淡春山横秋波。
相约共游潭柘寺，曲水流觞何迟迟。
欲结同心百年好，怎奈天意不可知。
京师一别便五载，却闻仙子返瑶池。
那堪远游到扶桑，归来犹自九回肠。
长因佳人千惠子，记得樱花二月香。
天书征召重入洛，踏遍西山祭翠娥。
何期静竹尚在世，十年相思染沉疴。
只疑相逢仍是梦，沧桑无复少年容。

春来陶然亭上望，水流花谢太匆匆。
此时天地已翻覆，空令书生回国步。
不料国士遇枭雄，进身反把一身误。
昔日朋辈知多少？功成名就皆美好。
独因帝制成祸首，从此身名伤潦倒。
永日枯坐禅堂里，闲听门外落秋雨。
秋雨如丝剪不断，恰似哀愁千万缕。
独行古道何太痴，自矜奇学不逢时。
未必君宪误中国，但愧平生负恩师。
苍苍两鬓空摩挲，悲来无泪洒铜驼。
任性铸成千古恨，壮岁一去奈若何！
静竹死后知音绝，可怜心事向谁说？
休对江亭题好句，难凭赤手补天缺。
真成旷代一逸才，只合隐逸在蒿莱。
也愿彩服娱双亲，忍看故国尚阴霾。
穷途更谁识英雄？偃卧沪上作寓公。
何幸遇见天下士，杯酒谈兴已纵横！
帝道真如枉用心，医民救国更有人。
回头笑看来时路，不恨儒冠误此身。
夜深读罢晳子传，不觉推书成长叹。
君才何必让康梁，奈何结局多变幻。
假若未遇王闿运，不主革命便维新。
假若未遇袁世凯，定是民国一功臣。
幸耶不幸独自知，时耶命耶皆参差。
或言行为多反复，谁解君心本无私？
但恨时无李世民，才高房杜亦轻尘。

直是造化暗捉弄，长教歧路苦逡巡。
风流云散怅已矣，休对青山忆往昔。
樽前犹有明月在，且听佳人吹玉笛。

乙未孟冬谒开化根宫佛国归作长歌

人事中年累，湖山清兴杳。
况此岁云暮，满眼伤枯槁。
征车登复下，迢迢至开化。
不过一小城，且住当休假。
何期根宫赏根雕，顿使词客意气豪。
华馆涌出八面山，入夜红灯贯九霄。
云窗雾阁任所适，陈设无非树所赐。
忽疑此身在南柯，根镂银瓶大堂之上犹雄峙！
盛来美酒根先醉，根杯品茶更有味。
梦里犹闻树根香，题作根宫真不愧。
一花一叶可见佛，根里谁信有佛国？
请君不妨来醉根，一弹指顷登高阁。
更有煌煌三大殿，宝塔峨峨凌云汉。
释迦不肯坐莲台，偏扶长根往下看。
法衣左袒任风翻，细观纹理俱天然。
却笑弥勒未来佛，竟已抢先坐此间。
百态观音何秀美，或结手印或盘腿。
神情宛在山海间，犹听东风拂花蕊。
最是五百罗汉阵，经过底事正辩论？

无奈相持不相让，安得跳出根外攘臂挥拳始解愠！
我本农家子，见惯枯树根。
实在平常极，往往伐作薪。
讵料大匠一回顾，枯木霎时便回春。
不然请看根宫原料厂，方之成品何止隔天壤。
谁能为之徐谷青，使余久仁心惘惘。

丁酉夏日过涿鹿黄帝城

轩辕邈矣数千载，涿鹿山川几度改？
一泓犹号轩辕湖，数尺空馀土墙在。
土墙六月草萋萋，翠柳白杨叫黄鹂。
赫然碑镌黄帝城，使我登眺久依依。
本姓溯源自昌意，何期寻祖到此地。
背影昂藏欣在眼，群山拱护多佳气。
缔造中华成一统，至今百族仰高风。
根深何惧频摧折，分枝布叶遍寰中。
闻道合符在釜山，九龙飞处起崇坛。
神农蚩尤共一堂，想见欢声动古原。
古原岑寂更无人，禾黍萧萧杂荒榛。
忍看杨花白如雪，飞来飞去碧湖滨。

【注】
昌意乃黄帝之子。

丁酉春日过吴江松陵路怀姜白石

　　填词非所爱，犹爱姜尧章。
　　何况绝句好，真堪继三唐。
　　翰墨皆称妙，音律更在行。
　　子曰游于艺，如君可登堂。
　　售与帝王家，无须愁稻粱。
　　身心得安顿，妻子亦沾光。
却叹震耀当世者，一第难于上青天！
人耶命耶谁能知？布衣裹恨埋黄泉。
使生今日何至此？随出一技有余闲。
偏教谙尽江湖味，落拓东南天地间。
孤舟几过松陵路？闻箫犹在空蒙处。
伊人去兮歌声远，经过徒令成久伫。

丙申秋日过六榕寺怀苏东坡

六榕不可觅,九原不可作。
三秋不可怀,百感不可辍。
南荒归来日,扁舟闻此泊。
僧老已白头,树老空黄叶。
难逢亲弟兄,徒对旧城郭。
想公瞻浮图,悲同辽东鹤。
鹤栖尚有枝,如公安可托!
才大天不容,故从九天谪。
气盛地不容,风尘老逐客。
名高人不容,方起复挤落。
相位真腐鼠,群小竞阻隔。
黄州到儋州,依旧苦摧折!
堪叹大宋朝,臣强而主弱。
时宰持权柄,朋党恣为恶。
诸帝愈爱才,诸公愈相掣。
神宗不力保,几死乌台侧!
呜呼!
圣代不肯杀文人,偏是文人不相得。
莫道手无缚鸡力,杀人往往不见血。
阴狠最爱窝里斗,斗到国破不肯歇!
气数区区百十年,他日怎对太祖说?
所幸坡公死得早,不见故国如烟灭。

【注】

东坡渡海北归本拟见胞弟子由一面,至死不得。

丁酉初冬自涿州赴成都道中

山川最是卧游好，况逢年末事渐少。
公私一时齐放下，轻装落落赴远道。
快车不快又何妨？幸得下铺傍高窗。
天生吾侪慢性子，正宜把杯品流光。
燕赵中原似长卷，随风打开任君看。
丘陵不乏小起伏，村庄如豆连成片。
北国冬日太萧条，鸦啼黄叶漫天飘。
谁知柔若垂杨柳，犹抱残绿不肯凋。
忽惊身在画屏中，壁立千峰何葱茏。
问人才知正过江，江南风物果不同。
山高峡静白云飞，人家多住水之湄。
小路弯弯向何处？朱果压枝尚垂垂。
巴楚毕竟少平川，民居散落坡谷间。
如何荒僻险绝地，仍有孤炊绕林端？
客游到此心转伤，徒叹归欤归何方？
谁吟《招魂》犹在耳，东西南北恨茫茫。
昼观山水夜观灯，雾霾不许窥繁星。
车厢入睡我入梦，好向琴台访马卿。

丁酉孟冬过成都访琴台遗址不遇

闻有遗址久神往,将别成都始来访。
名城古迹应无数,偏是琴台劳梦想。
也曾瞻仰武侯祠,至今不敢赞一辞。
非是私心故轻慢,杜公杰作横在兹。
即令草堂亦曾过,诗圣门前奈若何!
斗胆拟作小绝句,已被浣花溪水笑呵呵。
彭州事毕一身轻,复自蓉城踏归程。
尚有余暇供观光,且向琴台觅长卿。
未必当世无可语,异代渴慕竟如许。
愿陪雕像片时坐,莫管天寒正飘雨。
把伞寻到琴台路,一笑认得旧游处。
或是前年或梦里?文君楼下尝凝伫。
彼时灯暗夜已深,恍闻楼上理瑶琴。
登高能赋又如何?翻因绿绮结同心。
人间娶妇美且贤,世道风波顿悠然。
富贵于我应无份,聊同儿女乐灯前。
按图行至某公园,苦寻遗址空柳烟。
事去千载固如此,既来故径且流连。
所幸购得《自叙帖》,免教旅途太孤单。

【注】

大字本怀素《自叙帖》也。

戊戌夏日过大足荷花山庄

山庄乍入不逢人,百亩荷塘绿到门。
荷叶荷花迎客来,顽皮时将老脸亲。
不比村姑看使君,休教踏破茜罗裙。
长柄阔叶世稀有,粉红花开大如轮。
行人皆打叶底过,廊桥聊对荷花坐。
望里南山如翠鬟,安得终朝此偃卧!
华屋鳞鳞似龙宫,山庄原在荷塘中。
真是风流贤地主,每从芙蕖想高风。
炎夏正午饥肠转,荷花香里开琼宴。
却笑同伴来何迟?别院深深寻不见。
轻鲦出水便上桌,藕汤甘美宜小酌。
赏心悦目忘举箸,端的佳肴如秀色。
饭罢荷塘日渐斜,仍倩荷花送归客。

春日过梅岭拾玉偶感

老天生才一何难,遇或不遇竟偶然。
遇则平步青云上,不遇如花坠泥潭。
既然不遇不须生,莫教埋恨在人间。
人间四月尽芳菲,清游且向溧水边。
闻道梅岭出好玉,更从方外觅悠闲。
杂花摇曳草萋萋,修篁蔽日野禽啼。
空山尽日不逢人,但见词客步幽蹊。
果然蕴玉山增辉,云霞蒸腾护翠微。
古池何年曾采玉?苇塘垂柳冒斜晖。
斜晖脉脉山路长,几时开辟土犹香?
脚下碎玉知多少?满眼熠熠闪晶光。
喜闻诸公皆有获,却笑取舍费思量。
手搓水洗见玉容,把玩许久生感伤。
同是美玉出此地,奈何贵贱一朝异。
贵为佳人头上钗,贱如瓦砾随手弃。
嗟尔造物何如此?天不仁兮地不义。
永沉汨罗吊屈子,待罪长沙哀贾谊。
茂陵秋雨老相如,浔阳琵琶悲居易。
饶尔谪仙终流放,最是坡公遭猜忌。
季迪壮岁竟惨死,仲则贫病伤鹤唳!
才士能言固难逃,玉哉玉哉何故犹不遇?
无那临别回首一凝睇。

戊戌春日登正定复建之古城墙

恰似连宵拱地起，古城突现白云里。
东风吹我上城头，春光弥漫到眼底。
夭桃秾李着意开，朱朱粉粉太拥挤。
人家居处多梧桐，柳边雏燕飞不已。
桐花柳絮何茫茫，高墙回首杂悲喜。
梵呗悠悠浮图在，掉臂寻幽吾去矣。

过唐寅故居

将别苏州去，来访唐六如。
记得家住桃花庵，寻寻不辞汗洒珠。
想象桃花万树开，似人含笑待我来。
粉墙黑瓦皆依旧，诗书满壁供徘徊。
何意遗址空有碑，兀立荷塘遍斜晖。
房栊虽多非故居，路人指点不胜悲。
忽见老丈立门口，向我何事频招手？
咿咿呀呀不可解，徒将瘦膊比划久。
北堂老妇坐梳头，白发垂垂向晚秋。
告余唐寅无后嗣，栋宇衰败不堪游。
嗟余辞别出院门，但觉惘然似游魂。
秋日杲杲照深巷，残荷瑟瑟哪可闻。

却入酒馆干一杯，不枉此地来一回。
人间兴废本寻常，既不足恋胡不归？
欲归便归休，任他花谢水东流。
谁能管得身后事，何必浪为古人愁。
君看三唐才子传，词人身世例悠悠。

书怀

书室独坐久，形影空相守。
解忧不用觅杜康，且批唐诗五万首。
太白逸笔何草草，少陵刻划伤枯槁。
才力应数刘梦得，人称每篇皆精绝。
樊川俊爽莫能比，义山幽邃亦可喜。
却恨一荡复一滞，淘汰不尽皆传世。
王孟高岑岂不爱，久读容易生懈怠。
欲求好诗何太难，代不数人人数篇。
诗好莫道比南金，须知诗人正呕心。
呕出心血雕成虫，其人已逐江水东。
沉思前事倍惘然，夜深犹对一灯红。

题《昌谷集》

诗中犹作鬼，沉怨一何深。
前身知谁是？只应楚灵均。
灵均有幸生战国，用舍行藏自斟酌。
自信胸中十万卷，剑气耿耿冲霄汉。
灵均不幸生战国，为人狷介少遇合。
即使报国终无望，葬身犹在楚江上。
《九歌》凄迷不可闻，巫阳空招迁客魂。
几人临流尚太息，不知化作李长吉。
长吉有幸生唐朝，盛世春光遍蓬蒿。
何况长吉本王孙，不必辛苦跃龙门。
谁知王孙遭嫉恨，只因避讳不得进。
闻道通眉指爪长，七岁落笔便堂堂。
昌黎先生惊垂顾，一日声名如凤翥。
春来车马如流水，乐游原上风光美。
王孙此时独凝眸，悄然不觉泪双流。
辛苦吟得诗句好，此生只合为诗老。
偏是天才多局限，独有诗人愁肠断。
休言二十命犹奇，孔子七十仍栖栖。
云台巍峨又如何？功名早已逐逝波。
陵谷沧桑亦等闲，唯有名山永苍然。

以此劝君归去来，且咏佳句登高台。
只缘羸弱多愁思，一生用力在楚辞。
也恨人间诗意少，转向幽冥觅花草。
白日骑驴出柴门，闲游往往到荒坟。
平头奴子还相随，薄暮驮得锦囊归。
归来灯下续成篇，恰似女娲补青天。
五色熠熠交相映，肉眼相对晃不定。
伶伦谱之入云韶，风吹直上九重霄。
正值玉帝宴群臣，闻声不禁起逡巡。
或言长吉撰此词，遂令玉帝久相思。
白玉楼成未作记，俊才翻向人间觅。
高堂老母舍不得，离魂迟迟亦伤别。
窗中烟气尚袅袅，天外车声何杳杳。
空余诗卷在人间，王孙一去一千年。
故居想像草萋萋，无由一过徒嘘唏。
却恨此身犹沦落，不知天上今如何？
良夜有酒须沉醉，莫教孤负月明多。

春日游龙门

夔门天下险，龙门天下壮。
今我游龙门，倍觉清且旷。
青山相对郁嵯峨，中有伊水扬素波。
长桥势若凌空起，仰观落帽奈尔何。
风扫石路无纤尘，野花寂寂少行人。
四月垂柳散如线，山顶长松碧森森。
道旁摩崖聚万佛，一佛一龛成一国。
大小坐立各不同，岁久颜色已斑驳。
卢舍那佛幸无恙，敛衣危坐莲台上。
眉间依稀带雨痕，气度未改仍坦荡。
年年不语亦不动，谛视浮生真如梦。
白云苍狗须臾耳，名利驱人犹迎送。
我意造佛在要津，欲以佛道化人心。
奈何奸徒太猖狂，盗取佛头换重金。
忍看残躯遍石窟，始知宵小甚虿毒。
而今世风更浇薄，对此古迹空怅触。
却隔伊水望香山，遥忆前贤白乐天。
斯人埋骨真得地，墓门高并龙门寒。
抱愧无由过桥去，别来遗恨水潺潺。

过张飞擂鼓台

张飞擂鼓台,百尺倚绝岸。
下瞰江水流,拍崖四飞溅。
石像何嶙岣,石鼓青苔遍。
借问谁所雕?端的英雄汉。
恰似昔桓侯,展臂若飞腾。
一鼓江风起,再鼓白浪生。
三鼓滚雷过苍穹,龙虎变色鬼神惊。
霎时鼓声如急雨,杀气赫赫贯长庚。
健儿击鼓齐响应,壮士拔剑气不平。
西取益州如反掌,却伐东吴遗恨长。
一从死于小人手,千载悲风动大江。
我来正值春光美,锦帆摇曳逐江水。
三峡开遍紫桐花,人家处处闻歌吹。
回首三国何茫然,登临谁与话逝川?
但祝将军英灵在,永为斯民镇狂澜。

望月吊李太白

谪仙何事长把酒?前生原是酒中仙。
何事频频咏明月?人间只与月相怜。
月下独酌心太苦,举杯邀月共起舞。
月渐西沉杯亦空,醉卧不知天将曙。

晋祠周柏

圣母殿前双柏树，人言已是三千载。
阅尽兴亡多少事？郁郁苍苍仍未改。
悬瓮山高晋水清，树老千年必有灵。
想得夜深化作龙，盘旋犹护晋阳城。

忆八月游山西归途闻过韩信点将台

嗣宗不得志，狂言欺沛公。
尝登广武山，叹世无英雄。
恨极呼竖子，偶尔成大功。
我读高祖传，与此难苟同。
刘季真霸才，屈伸颇似龙。
观其待韩信，虽忌尚能容。
怜才不忍杀，知彼刚且忠。
哀彼竟叛亡，故欲烹蒯通。
君臣相知能如此，转伤淮阴无终始。
一生成败皆由人，到头愧作贰臣死。
假若晚节可保全，埋骨犹近长陵边。
却令抛尸荒郊外，乱石残骸堆秋烟。
纵有孤坟无觅处，点将台倾更谁顾！
切记男儿当自立，随人空把一生误。

嵩阳书院汉柏歌

闻说汉武过中岳，便有三柏老嵩阳。
铁干虬枝张翠盖，欲测年代何微茫。
兴来封作三将军，赐与诸神守山门。
而今两柏幸犹在，遥分山色拂流云。
一柏虎卧气桀骜，翘首群峰若长啸。
一柏崩裂尚挺立，剑戟森森插苍昊。
《霓裳》舞罢月空明，泮宫弦歌更无声。
唯有闲客自来去，怀古寻幽不胜情。

咏小楼镇盘龙古藤

紫荆红时木犀黄，仙姑庙前草也香。
岁晚游客少于蝶，青烟细细袅天光。
瓦顶仙桃几度开？留鸟古井生碧苔。
忽见庙北一苍藤，偃卧如龙空自哀。
半亩荒园寄行藏，千寻老干饱风霜。
盘旋恍闻声簌簌，翘首沧溟归路长。
何事羁縻在此地？满林郁郁不平气。
想见六月花飞雪，长夜嘶鸣何凄厉。
翠柯掩映白日昏，独自不敢久逡巡。
唯恐咫尺起狂飙，落叶横飞愁杀人。

过那拉提

七月那拉提，恬静似处女。
白云深藏面，霏霏常飘雨。
雨里轻车载客来，一川芳树带烟开。
胡杨掩映溪流碧，蛙声摇绿石上苔。
东山西岭遥相望，中间草甸何平旷。
大道且行且逗留，时因美景添惆怅。
牛马千群不闻声，山羊绵羊结队行。
四顾颇怪无牧者，唯见巡天一苍鹰。
青眼总为云杉留，怕对雪峰成白头。
登高追忆前朝事，风吹不散故国愁。
大元鼓鼙久寂寥，旌旆长向梦中飘。
日出齐呼那拉提，震耳犹闻马萧萧。
杀声一夜过西陲，欧亚万里席卷归。
而今无复旧封疆，冷月如刀挥向谁！
红庐错落隐幽谷，蔓草藤花当窗舞。
夜虫唧唧怪鸟啼，块垒填膺何由吐。

过九曲十八弯

仲夏过伊犁，遨游遍山川。
何处最关情？九曲十八弯。
不过一山坳，一水自蜿蜒。
村居八九家，沿河起田园。
长忆登眺北坡上，高原三面争气象。
几朵毡房缀太清，牧马闲闲自游荡。
正南诸峰何陡峭，深杉古雪冷相照。
碧流遥自弯处来，恰从脚下去浩浩。
大壑闻道是天坑，丹崖万丈矗若城。
白道历历垂如线，悄然不见一人行。
坡下长杨青簇簇，树底高墙皆板筑。
河谷两岸尽开垦，葱翠或猜是禾粟。
孤村永日何寂寥，隐隐鸡声入梦遥。
农耕生涯似中原，疑逃苛政自前朝。
远走洪荒万里外，真从方外得自在。
山高岂独挡风雨，路绝正好远祸害。
男耕女织效先民，灵台无复惹纤尘。
花开是处即桃源，况此水甘草似茵。
便把雄心付流水，堂前毋劳题壮悔。
想见凭轩起浩歌，一杯良夜待山鬼。
坐久不觉夕阳斜，四面轻烟笼似纱。
临别忽疑是场梦，梦里几度向天涯。

过景阳岗吊武松庙

尚有密林藏古迹，断无猛虎卧高丘。
青旗飘处闻酒香，三碗饮罢气如牛。
漫道书生皆文弱，务观身手何利落！
山南搏虎似搏兔，岂止华章动寥廓。
新绿满眼白杨树，黄鸟关关喜长住。
登高入庙见古碑，赫然题作打虎处。
却恨生前不相逢，徒从雕像瞻遗风。
右手握拳左持珠，一来一去何从容。
来凭铁拳除暴政，去入空门启佛性。
如此了然真丈夫，不独外王内已圣。
始信殊途可同归，从古侠士有大悲。
悲来何忍话梁山？战罢江南万念灰。
六和寺里夕照边，数声佛号送残年。
梦里几过景阳岗？千秋遗爱遍家园。
猛虎贪官休作恶，神威凛凛坐山巅。

过梁山寨怀宋江

少读《水浒传》，壮游到梁山。
山亦不甚高，气度自森严。
黛色望如铁，苍松似龙蹯。
其初乃孤岛，四围芦荡宽。
号称八百里，亘古无人烟。
一朝天罡地煞齐登场，
化作百八英雄好汉龙拿虎掷翻江倒海何畅然！
不枉人世走一遭，采入奇书至今传。
却忆当年读此书，颇怪宋江太颟顸。
既是官逼民反上梁山，奈何苦盼招安入朝端？
亲推兄弟向火坑，徒洒血泪遍江南。
如今到来方有悟，似此石岭难久住。
地窄安可广屯兵？不毛何以填饱肚？
同心皆因有外敌，久居必然生嫌恶。
君不见当初豹子头杀王伦，
又不见黑旋风高举板斧屡发怒！
落草一世且为寇，却令子孙无归处。
何若效法方腊自称王，猎彼辽金如猎兔。
漫说南宋与蒙元，宋以后史皆重著！
计不出此叹悲夫！长使水枯眼亦枯。

重过曹妃甸

亘古荒滩曹妃甸，魂兮欲归路漫漫。
唯余野草自枯荣，天风海雨何缭乱。
一朝薄海起钢都，喜凭妙手展宏图。
休夸天外有瑶池，且从海上觅蓬壶。
吹沙填海变平陆，夹道多栽白杨树。
前岁尚忧难种活，今来一望青似雾。
高架凌空布电网，大桥横跨烟涛广。
车去车来不见人，柳梢但闻蝉声响。
望里恍惚是蜃楼，隔水林立天尽头。
伫久使我心怅然，恨不移居到芳洲。
又向码头送远目，塔吊雄雄当空矗。
万吨装卸须臾间，大船驶出巨轮入。
尝叹海水浑若汤，而今澄澈安可方？
乘风也拟扬帆去，水天深处好徜徉。

五绝

壬午春末游十渡杂咏（选三）

（一）

我爱骆驼峰，整日坐相对。
彼此俱无言，桐花熏欲睡。

（二）

山形薄如剑，高耸入云表。
不敢跟前过，风吹便欲倒。

（三）

日照远山紫，风吹动似纱。
寻来却不见，相望若天涯。

壬辰岁晚过西塘杂咏（选四）

（一）

小桥横南北，行客高复下。
居人负手立，隔岸犹闲话。

(二)

百年风雨过,浮世几变迁?
乌篷自来去,空忆苦茶庵。

(三)

夜静西塘美,红灯照水开。
小街宜漫步,且此散幽怀。

(四)

雪霁千门晓,烟开一水斜。
乌篷摇曳处,红日大如瓜。

丁酉夏日过灵璧谒虞姬墓

长因子规鸟,望断乌江渡。
红日又西沉,君王在何处?

过陈子昂读书台观臭石,传为段简所变

化石尚遗臭,为人竟若何?
至今悲伯玉,不得老烟波。

乙未春雨过敬亭山生态园瞻太白像步其《独坐敬亭山》原韵

胜地耽高咏，临风负手闲。
也应听不厌，暮雨洒空山。

那拉提空中草原望雪山

岁久仍积雪，峰高安可傍？
云杉气独豪，昂首争先上。

夏日小区雨后偶作

（一）

散步池边好，喷泉雨后骄。
翻飞一小燕，仿佛比谁高。

（二）

微雨斗炎夏，小池生细凉。
莫从板桥过，杨柳正梳妆。

(三)

伏天逢好雨,惠我以清凉。
难得北窗下,翛然一梦长。

天目湖杂咏

(一)

水清天作目,湖阔目涵天。
长忆谪仙过,看花上酒船。

(二)

曲岸随舟转,长天共水摇。
溶溶几百里?真可远尘嚣。

(三)

喜兹天作目,小立目中天。
无那春将尽,花飞夕照湾。

日暮过十思园观睡莲

水阁暮烟里,林园灯火间。
莲花已入睡,食客勿纷喧。

春节在庙川十余日饮酒几无虚日戏作

我岂贪杯者?杯来安可拒!
莫笑步欹斜,犹能抱闺女。

春暮

门外绿阴重,莺啼欲落花。
如何酒醒处,长是日将斜。

题《昌谷集》

地下多诗鬼,人间不肯收。
可怜李长吉,更上九天游。

雨后

夜半上高台,青天四望开。
月明风肃肃,疑是雁飞来。

咏松

松树满西山,松涛千载寒。
我来采松子,独枕石头眠。

九月十四日晨始闻秋风

伤春春去了,苦夏夏将残。
瑟瑟梧桐树,秋风又一年。

梧桐

本是悲秋树,非关秋气多。
年来听夜雨,怕向此中过。

闻蛩

不作悲秋客，其如心未平。
寒蛩亦何事？淅沥动哀声。

窗外即景

院里多梧桐，早晚闻喜鹊。
美人几时来？窗前叶黄落。

书怀

陋室如夜台，终日待谁来？
青蝇不相吊，钟表自徘徊。

忆故园

（一）

长松夹古槐，郁郁遍南山。
常闻采樵歌，缭绕五云间。

（二）

溪流过小桥，水中多轻鲦。
白鹭往复来，顾影一何骄。

（三）

南山松树下，三尺祖母坟。
将作千里别，长跪泪沾巾。

（四）

村边有古道，秋深木叶响。
忆昔携行李，迢迢成孤往。

自和顺赴大寨途中偶见

山梁高且长，远望平如砥。
安得驾牛车，徜徉白云里。

忆吴店镇

大哉爬河桥，不与水相抗。
水涨在水下，水消在水上。

雁

桥下水流细,天边雁字斜。
谁能长作客?不久也回家。

两游香山不见红叶有感

京国十年住,香山两度游。
空闻红叶好,不见一回秋。

灯

青荧一点光,照夜万古长。
中有读书客,鬓发已成霜。

观白雪石先生《春江泊舟》

晚泊桃林下,月色薄如纱。
三更酒醒时,满船堆落花。

观白雪石先生《空山飞瀑》

瀑布如白发，飘拂几千秋？
谪仙不可见，长望使人愁。

观白雪石先生《云壑松声》

悬崖如积铁，高高与天接。
我欲访幽人，共赏太古雪。

观明清画意

月出东山上，风吹桂子香。
与谁共把酒？好好过秋光。

树下与雷强兄坐

对坐柏树下，语罢转寂寥。
双燕何时来？飞飞在林梢。

待月

深宵相送罢,幽径独归迟。
闲阶不望月,忽觉已多时。

清晨偶见

楼前小轿车,落满紫桐花。
主人不肯扫,驮着去谁家?

秋槐

朝从槐下过,暮从槐下过。
槐下秋风起,奈此槐花何。

过迁西喜峰口大刀园

横天一刀在,长此镇河山。
气势摄群丑,休教再叩边。

偶作

车从树下过,鸟在树上飞。
一枝便可隐,何必山中归?

小径

晚来小径里,落叶散清香。
不须扫将去,留着踏秋光。

丹河晚眺

有叶偏禁老,无枫竟畏寒。
高秋一拂拭,红透万重山。

过南山观音寺

断崖侧身地,小寺面江开。
香火居然好,蒙蒙起钓台。

戊子四月下旬赴榆次参加晋商诗书画研究院成立仪式途中

（一）

四月风光好，群芳缀满枝。
枣花岂畏冷？独自得春迟。

（二）

幽谷春难到，危崖寒似铁。
梨花知为谁？依旧开如雪。

咏长白山天池怪兽

匹练尚高悬，杯水竟难涸。
有物自逍遥，想是沧溟客。

过绿渊潭

潭似一青鹿，林栖岁将暮。
人来了不惊，脉脉如有诉。

过桦甸白山湖发电站

石坝高千仞，深藏犹谷底。
闲听放水声，响彻斜晖里。

参观王震率师开发北大荒纪念馆

南北驱驰遍，魂归犹故林。
分明五色土，道尽百年心。

过唐山大地震遗址

残柱森森在，高秋细细凉。
魂归知有处，长绕万人墙。

春日过东固访富田事变发生地王家祠堂

故地青樟老，空庭丹桂花。
休教花解语，一任日西斜。

辛卯秋日过原平石鼓祠怀介子推

一死明孤抱,千秋祭作神。
谁栽酸枣树?犹伴晋忠臣。

过杨家岭望毛泽东种过的菜园

岭上桃花美,河边杨柳新。
凭栏对旧圃,长忆把锄人。

七绝

辛卯春过东阿县吊陈思王墓

长眠独自在山阿，枯草荒榛绕墓多。
记得晚来喜登眺，余晖依旧遍黄河。

辛卯岁末过曲阜访孔庙

一碑立处百灵朝，守护心光耿未消。
但使斯文重华夏，杏坛原比岱宗高。

过徐州铜山区汉王镇观拔剑泉

海眼无声养碧苔，千年犹道汉王开。
夜深独自莫提水，恐有蛟龙出井来。

过廿八都古镇观音殿及文昌阁

台上更无人演戏，佛前自有客烧香。
秋山古镇风光好，溪水涓涓夕照黄。

癸巳秋日过江郎山，时天阴多雾，三爿石隐约可见

人立千年应有待，豹藏终日岂无求？
请看彩笔争辉处，要洗江郎亘古羞！

甲午夏日重游喀拉峻

（一）

马放天山夜不收，逍遥依旧在峰头。
回眸粒粒星光下，疑是仙人结队游。

（二）

溪水穿林兀自喧，毡房灯火已阑珊。
举头唯有半轮月，犹送诗人出草原。

赴唐布拉途中见一处群峰森然皆铁色，戏咏

谁把天山细剪裁？线条柔似美人腮。
劝君管好咸猪手，铁齿森森露出来。

过台南出延平郡王祠南门见小榕树戏咏

谁家门外两株榕？细瘦才堪一握中。
几绺棕须垂过腹，居然颇有老成风。

过泾县桃花潭绝句

（一）

江村四月雨如筛，不见桃花蘸水开。
唯有汽轮潭上过，送人西去复东来。

（二）

难觅当年送客舟，汽轮突突作闲游。
桃花落尽歌声远，忍看青苔满渡头。

清晨赴珠日河观那达慕开幕式途中所见

红瓦鳞鳞绿树间，乍看风物似中原。
初阳才照松林坳，三两黄牛已上山。

科尔沁那达慕开幕式上听蒙族一青年女歌手唱歌

宛如云雀想青霄,韵比黄鹂觉更娇。
始信人间有天籁,一支听罢客愁消。

戊戌春日登正定复建之古城墙

长条犹解慕风鬟,想必芳姿胜旧年。
谁倩天孙织霞帔?轻轻披上美人肩。

丙申仲秋随人赴延庆东门营村小住

斜阳不肯下西墙,几树葵花照眼黄。
行到村头成久立,军都山色入微茫。

丙申秋日赴开化途经郴州有怀

高铁如龙翔晚秋,忽闻到站古郴州。
郴江犹绕郴山碧,不见词人秦少游。

丙申秋日过钱江源

大瀑雷鸣何壮哉！势如巨蟒擘山开。
振衣我欲登高处，无那飞流扑面来。

丁酉春日重过寒山寺杂咏

（一）

四月柳花飞满天，哪能此刻尚孤眠？
老钟我自轻轻打，拟唤诗人出客船。

（二）

枫桥犹傍铁铃关，不见当年孤客船。
燕子飞飞杨柳碧，一江春水照凭栏。

（三）

春江几处泛轻桡？乳燕穿梭过柳条。
我亦听钟不眠客，怀君独自上枫桥。

（四）

知是梨花是杏花？娇如天女笼轻纱。
有僧肃立莲台畔，几度回眸偷看她。

丁酉夏日过灵璧谒虞姬墓

项王已逐美人死，霸业任由江水东。
闻道乌骓伤旧主，不时长啸月明中。

丁酉七月二十四日信阳东站感怀

青山无恙又斜晖，长叹音容自此违。
高铁穿行快如电，可能重载故人归？

过彭州磁峰镇石门竹海杂咏

（一）

轻车小队觅烟霞，冬日石门犹吐花。
微雨藏山不许看，笑她只隔一重纱。

（二）

修篁夹道几人家？溪水潾潾可浣纱。
定是淮王旧鸡犬，长吟缓步在青崖。

秋窗晚望怀友

满城灯火乱如蝶，雨打秋槐一径斜。
老友半年不曾聚，算来只隔两条街。

庙川望虎头崖

虎头兀傲对长天，山路迢迢树色寒。
朝暮几多拜年客？恍如云外过神仙。

戊戌夏日过大足龙水湖

叠嶂平湖仲夏天，青苍一色作龙蟠。
峰腰蔼蔼白烟起，疑是鱼儿游上山。

戊戌四月游正定诸佛寺感怀

滹沱细细太行高，坐对浮屠品寂寥。
话到古城桑海事，檀香花雨一时飘。

乘船过小小三峡即景

（一）

结庐翠壁矗江干，唢呐频吹迓客船。
见说来回近百里，山高势欲刺青天。

（二）

绝壁停舟为哪个？巴郎巴女唱情歌。
画船摇荡千崖动，一水牵愁似茑萝。

春日游封龙山

绿染空山到古苔，不经意处有花开。
春光万事安排定，只待采风词客来。

过正定荣国府

人间好梦太匆匆，桂殿兰宫一旦空。
西府海棠翠如盖，花开徒自嫁春风。

戊戌春日过石家庄颐园宾馆后窗即景

小院轻阴垂似纱,曲池明灭板桥斜。
车旁有客徘徊久,知落闲阶几朵花?

小园春日偶见

偶扶小女过篱笆,瞥见冬青叶底花。
细碎无非两三朵,春来犹解展风华。

庙川春节杂咏

(一)

春联贴了挂灯笼,渐觉过年气氛浓。
不待夕阳全落下,烟花早已乱长空。

(二)

山里人家年味浓,轻炊镇日绕诸峰。
朝朝宴席如流水,不到元宵乐未终。

咏花园村一百零八棵古梨树

依稀好汉下平原,虎卧龙拏古木间。
莫向空林诵《水浒》,梨花如雪落珊珊。

中秋

秋半天河似水清,凄其风露满重城。
谁知世上几多恨?一夜笛声吹到明。

秋夜

夜色幽幽似水蓝,星光遥映碧窗寒。
梧桐枝上一轮月,袖手中庭独自看。

山村冬晓

雪里鸡鸣多少家?横窗竹影一枝斜。
东方已白无人起,恼了门前长嘴鸦。

淮上冬日

霜落长河入望遥,高枫临水晚萧萧。
板桥尽日无人过,好让寒鸦梳羽毛。

赠妻

模样争夸苹果脸,前身应是牡丹花。
可怜嫁个穷诗客,也爱临池学画虾。

对雪

暖气重衾昼梦长,空庭雪落映回廊。
人家向晚灯初上,衬得纱窗片片黄。

电影《杨贵妃》观后

海誓山盟岂等闲?马嵬依旧葬婵娟。
那时抛得江山去,不信美人难保全。

读汪精卫狱中诗有感

少年昂首赴燕市，慷慨如闻易水歌。
假设当时便作鬼，还能地下见荆轲。

门前

黄昏庭院月如规，暗里犹闻桐叶飞。
伫立阶前看灯火，擦肩始觉那人归。

偶见

租间斗室开书店，搭个绳床也自安。
怜汝蜗居在闹市，呼儿犹课《望庐山》。

戊戌秋日过富顺西湖戏咏

斜街垂柳尚轻柔，荷叶萧条已晚秋。
恨杀西湖遍天下，美人只肯住杭州。

庚辰夏日游颐和园

曾同先父过漪园，楼阁山林带雨看。
回想旧游如一梦，空随流水忆流年。

午宴后将别八五九农场望乌苏里江

东安高馆俯晴波，宴罢乘车酒意多。
如梦如烟望不足，隔江一带旧山河。

岁末赴右安门办事过旧居不入

院落重来几处改？蜗居租却不成归。
须臾事了楼前过，小立霜风任尔吹。

过密山口岸有感世界上最窄界桥

二百年来恩怨多，空抬泪眼认山河。
断桥咫尺不能越，翻羡蜉蝣自在过。

过东平县旧县乡霸王坟

村头寂寂一孤坟，埋恨千年草不春。
身后萧条竟如此，也曾仗剑救斯民。

咏含羞草

贵若王公不知耻，微如草芥尚含羞。
看来造化真儿戏，始信古人非杞忧。

丁亥九月过伊春美溪回龙湾

一带清流号美溪，板桥枕水自逶迤。
波深不敢凭栏久，况此黄昏怪鸟啼。

咏长白山美人松

风雨神州哀陆沉，白山黑水共悲呻。
几多巾帼揭竿起？赢得苍松属美人。

整理书架感怀

定远挥戈出紫塞，邺侯仗剑扫狂胡。
一丝烦恼尚难灭，愧尔嵯峨四壁书。

八月中旬因任征、范峻海先生诗词研讨会过邢台圣马酒庄

地宫橡木桶千排，四壁灯如睡眼开。
佳酿由来似佳作，勿辞寂寞久沉埋。

过赛里木湖

湖上风高带雪吹，湖边芳草绿成围。
几时浪静摇船去？泊向湖心看落晖。

赛里木湖边别刘军书记亚楠总编一行赴乌市途中

酒醒已是千山外，执手犹疑碧海边。
不忍开窗更回望，夕阳斜处草连天。

过伊犁有怀林公则徐

大雨如磐夜气浓，虎门一炬认尧封。
伊犁谪去尚疏凿，无那江流不肯东。

【注】
伊犁河是中国境内唯一向西流入北冰洋的大河。

癸未秋日携妻游西山八大处赏红叶

西山游罢气如龙，万古秋悲一扫空。
人生就得似红叶，历尽风霜老更红。

过寒山寺忆张继

昔人夜泊枫桥侧，留下三唐第一绝。
而今认得古时人，唯有桥头这轮月。

晨起读《唐人绝句类选》感怀

人生终究须孤往，世事何尝不两难。
但得唐诗容我读，犹堪随处一开颜。

过山海关怀戚继光

大纛飘扬十六年,更无烽火照燕山。
使公横槊向明末,哪个胡儿敢叩关!

偶过八宝山人民公墓感怀

幽魄沉沉闭九泉,松林瑟瑟起寒烟。
几多闲客长墙外,犹趁霜风放纸鸢。

参观新塘西南村

楼倚长街四面通,大王椰下水溶溶。
农家腊月无多事,围坐花前剥小葱。

观白雪石先生《早春图》

绛云笼罩羽人家,半掩柴门日已斜。
应是淮王正醉酒,故教鸡犬护梅花。

五律

夏日泊爱蓝岛晚望

山势天争寿，湖光暮转稠。
烟林横晚照，词客散芳洲。
数点沙鸥远，一湾村舍幽。
此间容小住，也拟泛轻舟。

【注】
湖对岸有天寿山。

戊戌春日登状元阁眺天目湖

登上状元阁，打开天目湖。
真堪涤襟抱，宛若对蓬壶。
水绕青螺小，林飞白鸟孤。
一泓足可乐，何必远乘桴？

将赴溧阳重读太白《猛虎吟》有感

闻道溧阳美，青莲几度过？
酒楼仍在否？杨柳正婆娑。
气压胡尘静，才怜老友多。
诗仙复草圣，掩映此山河。

丁丑除夕言怀

兹夕岁又尽,故园何处归?
聊将身后影,共对烛前辉。
终养但余恨,趋庭嗟已违。
萧然四壁上,空挂老莱衣。

悼邓小平同志

大星复陨落,恸哭此神州。
泪洒犹长路,魂归已故丘。
一生足垂范,百代更无俦。
想像德音在,应同江汉流。

月夜

不饮芳春酒,难消长夜愁。
同谁望明月?独自倚高楼。
街市行人少,天河听水流。
单衣何太薄,风露冷于秋。

纪念香港回归

南海多氛祲，明珠久寂寥。
云遮汉宫月，风卷子胥潮。
一旦阴霾尽，百年遗恨消。
香江千顷碧，从此泛归桡。

蝉

（一）

物皆以类聚，尔独尚孤行。
为底抱幽恨？依然鸣不平。
秋风燕赵客，落日短长亭。
只此已肠断，何须击筑声！

（二）

杨柳含烟绿，梧桐匝地阴。
窗前每独卧，仿佛在空林。
白日斜将落，玄蝉哀欲沉。
梦回烛影下，起坐若为心。

咏梧桐

故园三月暮，十里紫桐花。
人在花间坐，路从花外斜。
吹香暖似梦，照夜薄如纱。
长恨花开日，年年不在家。

闻燕

梦醒南窗下，忽闻雏燕声。
乍看如旧识，不觉忆平生。
久别故乡土，难为游子情。
烦君寄消息，憔悴在京城。

操场纳凉

楼外蓝球场，深宵自纳凉。
四周白杨树，几点路灯光。
高塔不闻语，疏星犹作芒。
蝉声亦何苦，啼得月如霜。

咏松

危立群峰上，幽栖深谷中。
一枝可听海，百丈若盘龙。
铠甲几曾卸？雄心不可穷。
青钢剑在手，谁与战霜风？

下班过全总机关后院小花园

小园八月好，绿树细生凉。
秋至下班晚，花开归路长。
时时逢蛱蝶，片片趁斜阳。
疑是庄周舞，翛然在梦乡。

游颐和园

日下繁华地，人间富贵乡。
名园自前代，高阁几秋霜？
佛灭空流水，香生犹绕梁。
曾从湖畔过，回首意何长。

庚辰七月游陶然亭之独醒亭

未必人皆醉，谁怜君独醒？
从来肉食者，不肯顾苍生。
哀郢泪空落，怀沙恨始平。
九歌犹断续，莫遣夜深听。

过听枫园

（一）

携酒过深巷，听枫到此园。
规模似旧宅，花木忆当年。
人语空廊里，秋生古壁间。
开筵罗小吃，回味自悠然。

（二）

小筑容高卧，听枫意味长。
可堪百年后，独树不禁霜。
槐老犹争翠，庭空似觉凉。
当轩竹影薄，望望欲斜阳。

赴石家庄道中偶见

车过小河边,长杨翠拂天。
浓荫凉似水,浸体欲生寒。
端的能消暑,其如未得闲。
蝉声苦留客,十里尚依然。

过平遥

平遥多古意,秋雨万人家。
欲上高城望,墙颓时见沙。
王侯苦征战,岁月暗风华。
惆怅东陵子,青门学种瓜。

过平遥县衙

我非考古客,此地偶经过。
深院踏秋雨,其如幽意何。
官居七品好,林卧五云多。
所以溧阳尉,甘心驻薜萝。

壬午春节偕妻及诸弟侄登黄鹤楼

羽客乘黄鹤，千年犹未还。
登楼成永望，云树尚依然。
春气浮巴楚，江声动市廛。
良辰不忍别，着意此凭栏。

壬午夏日咏怀

诗道久陵替，微吟伤寂寥。
平居若小隐，独立在中宵。
事往空回首，兴来多解嘲。
都门一片月，何处尚吹箫？

游颐和园

湖山入残照，万籁竞消沉。
曲径游人少，长廊暮色深。
枝高斗松鼠，桥拱带波纹。
咫尺迷归路，如何到北门？

过淅川香严寺

（一）

竹林埋古道，几曲到山门？
破壁犹风雨，香烟自古今。
芭蕉争滴翠，枯木本无心。
入眼皆禅趣，何劳物外寻？

（二）

佛门真福地，种树养风烟。
动辄千载上，恍如龙虎蹯。
空庭微雨落，高殿老僧闲。
车过重回首，苍苍生暮寒。

过淅川西施望越台

范蠡携西子，功成泛五湖。
传闻数千载，未可信其无。
却怪望乡国，翻从楚旧都。
山高风太冷，莫遣久踟蹰。

岁暮下班过农展桥忽有所感作此志怀

诸亲木已拱,而我尚风尘。
在世非容易,为人多苦辛。
岁寒纷落叶,天雨正伤心。
丝竹难陶写,中年自不禁。

谢沙白先生惠赠诗集《独享寂寞》

高咏无新旧,人情有所同。
先生舍偏见,挥洒两从容。
寂寞独享好,烦忧尽扫空。
何时许把盏?聆唱《大江东》。

赴朝阳区文化馆"2004年新诗之夜"

良宵聚多士,盛会在朝阳。
高馆奏清乐,长吟绕画梁。
百年何鼎鼎,万众自堂堂。
诗国春潮起,奔流出大荒。

过迁西青山关长城

壮怀喜登眺,不厌是长城。
二月冲寒过,四山犹未青。
荒榛依旧垒,古道带坚冰。
归牧斜阳里,弥教惜太平。

过绵山赏音乐晚会抒怀

介山千仞翠,飞阁万重丹。
此夕闻仙乐,真同霄汉间。
长歌绕明月,妙舞起轻鸾。
却话君臣事,孤怀一怅然。

过万荣县秋风楼

汉武横汾去,秋风遗此楼。
我来苦炎夏,怀古自生幽。
栋宇承斜日,蓬蒿掩细流。
悲歌犹在耳,频抚壮年头。

过悬空寺

古寺恍如画，高悬绝壁间。
连楹横渡海，孤鹤上摩天。
仰面羡鸟过，步虚惊胆寒。
青莲云卧处，枕席尚依然。

过霍山尧祠

披榛寻古道，幽谷觅尧祠。
宛若农家院，真同太古时。
鸠鸣烟雨暗，峰渡水云迟。
耕凿怀三代，空歌招隐诗。

甲申七月过山海关登老龙头遇雨

雄关扼山海，风雨几多秋？
青史恨犹在，苍天泪尚流。
干城皆北向，胡马竞南游。
忍睹健儿血，化成终古愁。

过北京植物园梁启超墓园

鹏骞九霄外，长风扇八垓。
潘江与陆海，何足拟雄才！
屡草陈琳檄，难伸阮籍怀。
著书消日月，回首有余哀。

初夏寄呈曾仲珊前辈

辞客埋愁地，沅湘今若何？
念公搴宿莽，独自泛清波。
王霸争千载，文章剩几多？
日斜哭山鬼，犹似断肠歌。

春节过马连道访吴根旺兄

迩来慕茶道，乘兴过茶城。
细乐饶古意，高斋非世情。
当门坐秋士，对客煮泉声。
七碗爽到骨，况闻诗句清。

秋夜

（一）

长夜耿无寐，秋风振碧柯。
聊凭一念止，其奈百碏磨。
白发镊难尽，青灯照渐多。
太平非不遇，为底叹蹉跎？

（二）

中年了大事，美酒慰蹉跎。
乐极忽垂泪，先茔宿草多。
无缘弄孙子，有恨系娑婆。
想倚泉台望，怜儿背渐驼。

咏何仙姑家庙

人间无净土，何处托灵根？
却向古祠顶，聊依片瓦存。
神祇不自保，风雨苦相侵。
叔世守高节，偏伤词客心。

过汉高祖原庙

春残过沛里，巷陌尽飞花。
高庙岿然在，香烟犹自斜。
君臣感意气，岁月想风华。
瞻罢频搔首，拿云心事赊。

过那拉提空中草原

结庐五云里，牧马万山巅。
芳草被平野，杂花开莽原。
水连银汉落，鹰抱雪峰抟。
奶酪换盐处，依稀太古年。

那拉提晚望

雪岭横天白，云杉照座青。
雨声催薄暮，草色动离情。
因过小桥望，且陪流水行。
此间逭暑好，忘却在边城。

丁亥仲夏过徐霞客故里

浊世苦难舍,青山好独寻。
片云不留迹,万卷尚关心。
竹色映幽馆,花光染素襟。
烟霞空在目,谁与共沉吟?

戊子初冬南方数省久雪成灾感怀

(一)

岭表炎蒸地,虽冬不觉寒。
人家岂识雪?岁晚尚衣单。
灾变一朝至,往来千里难。
临风念羁旅,佳节几时还?

(二)

炎方多瘴疠,风雨每成灾。
谁料连天雪,忽从春节来。
孤城断供应,长路苦徘徊。
一鼓三军动,冰山也撬开!

咏白山湖畔望江阁

气压滕王阁，名追鹳雀楼。
云边碍日起，关外更谁俦？
独立湖山静，闲听岁月流。
天池供小酌，一醉大江秋。

参观开滦矿山博物馆

百年存旧影，四壁仰先驱。
盗火地深处，图强国破余。
老天犹作孽，佳矿忽成墟。
龙号机车在，悲鸣动九区。

过鲁艺旧址

当年几人在？旧址屡翻新。
安得共杯酒？从头话到今。
繁花吐空院，微雨净游尘。
一曲黄河颂，年来久不闻。

过江山市清漾村瞻毛氏祖宅

姓氏重当代，荣光及古人。
至今留老宅，延客沐余芬。
家训犹垂壁，荷塘恰对门。
多君守清白，累世出贤孙。

读《刘宾客集》

把酒读书好，因人成事难。
休夸入廊庙，终去泛湘川。
万古埋冤地，几多迁客船？
孤坟拜虞舜，斑竹忆婵娟。
屈子独沉久，汨罗千载寒。
贾生伤寂寞，鵩鸟恨屯邅。
不忍吊陈迹，其如凭朽栏。
乌啼竹枝上，帆泊洞庭边。
欲作送神曲，翻成招隐篇。
一从辞帝里，几度望长安？
车马忽相待，风尘独自还。
立身双阙下，回首十年间。
耿耿气犹在，区区意不传。
看花来紫陌，驮酒向南山。
才过玄都观，又违青琐班。
更堪十四载，仍作再三迁。

政自阉人出，祸从朋党连。
谬承宰相誉，愧似巨匏悬。
漂泊任舟楫，蹉跎经岁年。
文章聊自适，风景共谁看？
落落知音少，沉沉望眼穿。
索居陋室里，延伫晚窗前。
有意学扬子，精心草太玄。
苍天不可问，大道岂空言。
何必发高论？无须作郑笺。
且吟诗句好，能得暂时欢。
金马老还入，铅刀割未闲。
同声喜唱和，无事免周旋。
再过玄都观，空悲蒿里烟。
一生愁不释，三黜鬓成斑。
木落泣骚客，月明怀谪仙。
世非无圣主，命合着青衫。
宦海徒垂钓，名山自可扪。
诗豪非忝窃，余子莫轻攀。
神物永相守，人间犹自怜。
感君多意气，拔剑舞龙泉。
誓逐鲲鹏举，羞随燕雀翻。
纵然蹈江海，依旧起波澜。
遗响在天地，垂辉比圣贤。
湘弦虽自爱，凄切更谁弹！

七律

雨中将别溧阳重谒太白楼

当年溧上几回游?遗躅千秋剩此楼。
大木葱茏护诗国,飞檐突兀压江流。
幽幽玉笛三春怨,漠漠杨花终古愁。
欲别芳园复登眺,可堪风雨苦相留。

大溪水库坝上望蔡邕读书台

望里寻常一土丘,中郎别后几千秋?
遥怜春日湖边过,尝带文姬陌上游。
直道事人翻贾祸,清才绝代恰宜愁。
读书台畔风光好,柳絮飞飞落满头。

晚泛密云水库

长堤日落水增波,野鸭飞飞掠眼过。
天际浮云结阵起,沙边归雁向人多。
湖山苍莽频回首,岁月蹉跎聊放歌。
安得元龙豪气在,老鱼跋浪共婆娑。

读《两当轩》

烟月扬州无限好，如何翻作朔方游？
才从日下成高卧，又别人间不少留。
自是颜回太薄命，那关宋玉爱悲秋。
都门四咏足千古，未必能消绝代愁。

九月十四日晨始闻秋风

秋风淅淅动窗帘，又送新凉到枕边。
高卧难成大自在，浮生何必更流连。
吹箫天上空余梦，造孽人间还有缘。
半载养疴无所事，遣怀只读《两当轩》。

忆与孙文长兄游香山

蛰居闹市岂无闷？才对高山便有神。
何况故交千里至，与余同是素心人。
流连曲径看松色，晏坐群峰听鸟音。
抱愧未能赏红叶，劳兄还向梦中寻。

忆昔

花飞花谢几时休？洛下重来访旧游。
独有秋风吹落帽，更无朋辈唤登楼。
云山入望何迢递，尘世相牵不自由。
莫怪深宵尚琢句，只应此物可销愁。

六月九日闻蝉

柿园入夏碧森森，乍听蝉鸣在树阴。
怜汝同来歌舞地，似余犹作短长吟。
登高望远岂无待？怀古思乡不可寻。
空遣唤回千载梦，夜深沽酒共谁斟？

见中巴"北客红叶"标志偶作

北客京华十二年，每因红叶忆香山。
长林古道应无恙，细雨深秋已自寒。
畴昔同游千里隔，何时更饮一杯干？
夕阳回首碧云寺，独有钟声报岁阑。

玉渊潭冬望

玉渊潭上柳千行，拂罢春风又拂霜。
日日乘车潭外过，朝阳看了更斜阳。
平堤雪落鸟声寂，柔橹人归月色凉。
安得闲如驴背客，常来此地踏清光。

庚辰元旦抒怀

盼得新年到蓟门，张罗纸砚欲沉吟。
无端又被山妻笑，何似长卿苦用心。
题字桥头赠岁月，弹琴日下待风云。
此言未必有深意，争奈不甘原宪贫。

夜读唐诗有感

论诗独觉三唐好，文采风流羡杀人。
一日声名动寥廓，千秋事业系微吟。
吾侪未必空弹铗，斯世难容不染尘。
才似青莲犹落拓，垂头灯下自逡巡。

都门秋日晚归

秋晚斜阳容易落,登车各自觅归途。
临窗细点单飞鸟,抱膝闲翻未了书。
风里长街冷于铁,楼头新月冻成弧。
而今不作飘蓬叹,高卧城南有敝庐。

过西柏坡诸领袖故居

风云暂歇百年过,功业应期万古传。
故地山川今更美,空庭松柏夏犹寒。
摩挲旧物人如在,想像深宵灯未残。
坡上诸公仍北望,含情可是忆烽烟?

庚寅八月十七日过晋祠有怀李太白

太白何年游晋祠?晋祠流水尚迟迟。
我来桥上访遗躅,秋雨迷蒙空尔思。
穷达百年皆有尽,山川终古亦如斯。
高台深殿松阴里,愿似鹧鸪巢一枝。

辛巳岁暮过前门城楼

梦回故国无寻处,剩有城楼倚夕阳。
独守长街何所待?还依古道自堪伤。
闲人踯躅看风色,落木萧疏弄月光。
因过前门暂留步,似闻老者话沧桑。

忆八月游山西归途闻过韩信点将台

淮阴点将台犹在,题字依稀掩碧苔。
遥想当年逐鹿日,曾随高祖展雄才。
汉家恩遇本难报,策士风尘每自来。
终与项王同出处,反教匹妇为君哀。

为纪念李太白诞辰一千三百周年作

(一)

千古文章费尽才,一生襟抱向谁开?
偶缘酩酊落尘世,长遣栖迟在草莱。
圣代无心空琢句,高秋把剑苦登台。
风飘犹作《谪仙怨》,月下听来自可哀。

(二)

漫道诗穷而后工，已工何事命犹穷？
青莲到死尚流浪，子美浮生若转蓬。
劳碌依然只为口，飞腾无计可攀龙。
幽居安得傍秋浦，也把长竿作钓翁。

(三)

翰林横笔扫千军，耻向唐宫作小臣。
要为风骚留一脉，且将富贵赠闲人。
金门挥手便长往，碧海浮舟耽醉吟。
赢得诗名垂宇宙，不辞憔悴在红尘。

秋日登滕王阁怀王勃

(一)

滕王阁上大江边，佩玉鸣鸾已渺然。
橐笔洪都空作序，掣鲸沧海不知还。
登高远眺九霄外，抚槛沉吟千载前。
野鹜飞飞满斜日，依然秋水共长天。

（二）

江流不尽高阁在，名字长因词客传。
试看登临皆我辈，可怜光彩照尘寰。
子安一序真千古，后代更谁堪比肩？
休对西山说往事，只今吾道久萧然。

读《四海宗盟五十年——钱谦益传》

（一）

乱世浮名反为累，屈身事敌总堪羞。
金陵陷落气犹在，江水奔腾血尚流。
忍对烟尘望故国，暗将衰朽赴同仇。
怜君知错勇于改，不负昂藏一白头。

（二）

年来争说柳如是，一代红颜气独豪。
偏使河东遇冯妇，更堪天下属新朝。
大樽蹈海斯文尽，蒙叟贪生吾道消。
志士仁人多寂寞，翻从女子见奇操。

夜读有感

鲲卧池中熬岁月，龙盘壁上待风雷。
相如题柱三生愿，扬子解嘲千古悲。
吾辈悠悠况今代，骚坛寂寂遍斜晖。
尚存几点浩然气？不信颓波挽不回。

读《宋史·岳飞列传》

（一）

金牌十二苦相催，壮士驻戈空泪垂。
百战山河赠强虏，毕生功业剩斜晖。
风波亭上千秋恨，西子湖边万木悲。
偏是此间多毅魄，灵旗中夜想纷飞。

（二）

休向人间夸鬼雄，至今还道是愚忠。
正因屡触高宗忌，所以不为奸相容。
黄壤忍留千载碧，丹心犹唱《满江红》。
中华赖此脊梁在，会看神州入大同。

借调诗刊社，来回乘车有感

岂有才情堪作赋？断无骨相可封侯。
为郎数载何所得？对酒终朝空自愁。
薄俸未随彭泽去，深心欲伴茂陵游。
朝朝农展馆前过，爱汝杨花飘满头。

深秋乘车去《诗刊》社上班路上偶感

闲云碎雨酿成秋，顿觉寒侵季子裘。
花不知名犹吐艳，树因落叶始生愁。
大床自爱枕书卧，小伞频张看水流。
宋玉已亡仲宣老，微吟翻怕近高楼。

过晋城偶闻珏山有青莲寺作

每过烟霞思白也，喜闻萧寺号青莲。
且临丹水看霜叶，恨不今朝访珏山。
百劫浮生伤落魄，双峰何日许参禅？
便抛文艺随文佛，端坐灵台观月圆。

甲申元月赴太原"新田园诗大赛"十周年座谈会重过晋祠

空庭落木日沉后,高殿崇台月上时。
一代君臣犹跃马,百年际会更无期。
苍山寂寞风云气,古柏峥嵘龙虎姿。
却对唐碑思旧事,独怜吾道竟何之?

都门喜王震宇兄过访

昔日汉南夸独步,如今关外傲群雄。
何期千里高轩过,恍若三生故友逢。
恨别文通漫作赋,登楼王粲尚雕龙。
无才不敢叹才尽,聊把丹铅易转蓬。

读《庄子·逍遥游》感时偶作

鲲跃沧溟已化鹏,涛生碧海待飞龙。
神州万劫春犹在,诗国千秋气自雄。
宫殿嵯峨聚多士,云山杳渺唤沉钟。
推陈试看出宽韵,浩浩长川尽向东。

过中岳庙

白衣苍狗几多朝？中岳登封久寂寥。
北望黄云犹似盖，东来紫气未全消。
广庭古柏笼斜日，高殿群神斗锦袍。
想像月明子乔过，风传鹤唳满青霄。

过代县雁门关东陉关

雁门得失关天下，回首苍生血泪多。
公主和亲频出塞，将军征战几挥戈？
千峰堆恨遍斜照，一径含愁似苦哦。
历历烟尘飘散尽，危楼虽在更谁过？

和赠时新吟长

天回地转入鸡年，喔喔风飘到枕边。
振壁龙蛇思九万，披头烦恼过三千。
纵观青史日流血，难觅翠娥都化烟。
一纸飞来宽杞抱，佳章似锦倩谁联？

村居

（一）

鸡鸣风雨撼窗来，晓色难驱夜色开。
正午廊檐尚淅沥，空阶鹅鸭自徘徊。
消闲莫过读书好，抱影其如遁世哀。
年近四旬何所就？岂甘宝剑久沉埋！

（二）

几簇花开野水滨，碎如麦粒粲如金。
虽当薄暮犹争发，定是伤春俱苦吟。
夹岸群蛙比高嗓，笼烟疏柳抱幽心。
从来万象静观好，况此清辉照古今。

谒光山慧思结庵处

开士结庵弘法地，摩崖石刻尚依稀。
灵山一会杳无梦，古道千层空有期。
绝顶风高摧大木，危岩云卧展初衣。
小龙过午便行雨，四野沙沙望转迷。

过蓝天渡假村

驱车日暮过荒山,忽见楼台碧水环。
灯照千窗人窈窕,烟笼群木鸟蹁跹。
黄尘不到蓬莱岛,清夜如游伊甸园。
西望若非有农舍,直疑出入是狐仙。

忆甲申元月夜游晋祠子乔祠

何处山川无月明?子乔祠畔最关情。
岁寒曾共诗人过,谈剧不知河汉横。
满院清辉养古木,移时仙乐绕重城。
细听仿佛《思归引》,长遣凭高望玉京。

西单图书大厦购书有感

淘书最怕到西单,浏览匆匆便一天。
疲似力攀黛螺顶,昏如困卧铁围山。
长街薄暮千灯上,远路乘车独自还。
填罢饥肠泡完脚,床头把卷倍怡然。

秋晚乘车过南护城河边即景

护城河上静斜晖，林鸟无声次第归。
岸夹红楼云淡淡，波翻青霭柳垂垂。
聊从日下观荣落，懒向人间论是非。
斗室凭高任俯仰，何须更采故山薇？

赴廊坊"龙河金秋"笔会欣赏义和团军乐曲

东张风物称闲游，正是天高大野秋。
芦苇花开千亩雪，管弦人唱百年愁。
魂消龙水空明月，血洒京畿有故丘。
词客相偕吊残照，犹思慷慨赴同仇。

丁亥夏应伊犁州建设局刘军书记和伊犁晚报王亚楠总编之邀与杨志学主任漫游天山志感

何幸天山结隽俦，相偕朱夏事清游。
云杉高并千峰立，雪水争从万壑流。
雨足草原牛马壮，烟飘夕照帐篷稠。
风光端的美如画，曾解佳人几许忧？

【注】
西汉时解忧公主远嫁乌孙古国，地点即今伊犁州特克斯境内。

过八卦城伏羲庙

八卦城边日已斜，伏羲庙里暂停车。
先王孑立游人少，新馆弘开望眼赊。
水绕夏都思上国，道融雪域入中华。
临风三复天行健，桑海回眸徒自嗟。

乘飞机赴伊犁有感

京国边城路几千？大鹏起落片时间。
才张巨翅横霄汉，便逐微云过雪山。
地入新疆多本色，气当炎夏尚余寒。
伊犁河畔风情美，莫遣乡愁杂晚烟。

惊悉汶川大地震感怀

梦回无复旧家园，瓦砾纵横风雨繁。
覆载何恩及襁褓？芟荑此日到孤寒。
至亲忽隔黄泉下，高柳仍垂绿圃间。
大难方知大国好，万人洒泪喜生还。

丙申秋日过钱江源

诸公把伞作闲游，正是钱江源上秋。
小雨安能败尔兴？清溪端可浣吾忧。
风尘出处无高下，钟鼎山林任去留。
翠阜丹崖岂不好？愿从沧海泛轻舟。

辛卯春过东阿县吊陈思王墓

京洛千年想已归，墓门犹自对斜晖。
山川路远偶相过，天地春来休更悲。
碧岭黄河云淡淡，红墙绿树鸟飞飞。
长眠此处风光好，不负生前曾展眉。

六言

过迁安戏代挂云峰赠别

长空一碧如油，纵有并刀也愁。
今日无云可挂，诸公缓缓归休。

娇女诗（选四）

（一）

小手缘何紧握？大床展臂而眠。
我家亦有娇女，气度居然可观。

（二）

已惯众星捧月，梦中犹怕孤单。
假哭一声未了，大人齐聚床边。

（三）

性情似爹还好，眉眼像妈更佳。
也爱人夸漂亮，顿时笑靥如花。

（四）

出生刚满三月，便欲咿呀对聊。
哪管他人解否，自家兴致颇高。

题吴江同里照片

遨游黎里同里，上下长桥短桥。
累了何妨小坐，眼前春水迢迢。

退思园某院有匾似留人复似留心，戏题

远客终须远别，留人还是留心？
宁作无心之辈，莫教风月愁人。

词

奉和柏扶疏先生《永遇乐·太行秋吟》

秋日太行，俊游长忆，峦壑清绝。斜路迢遥，征车宛转，溪逐轻岚折。鸟鸣声里，垂杨影外，庄户不知年月。乍抬头，霜林缀果，千崖又换红叶。　　拴驴人去，丹河无语，漫说旧时风物。久慕青莲，可能容我，宝刹耽禅悦？死生扰扰，烟尘滚滚，血泪横飞如泼。休相问，峰高何似？古愁万叠！

金缕曲·和赠贺兰吹雪

京洛飘零久，叹年来，朱颜渐改，青衫依旧。燕颔封侯非所愿，但得椒兰同臭。徒梦与、前贤邂逅。五夜孤灯空自照，为闲吟，瘦比三秋柳。风瑟瑟，似鸣缶。　　何期高阁摩星斗，拂茶烟，素心小聚，醉余如酒。落落长卿真雅士，永日品诗会友，况此际，花开木秀。坛坫重光待吾辈，请诸公各展拿云手，张广乐，共弹奏。

诗词评论

五音若繁会，妙韵始天成

每个汉字都有其音、形、义三个方面的内容，旧体诗同样也可以从音、形、义三个方面加以探讨。下面应《古韵新风》一书的要求，结合前人名作及本人习作，只就旧体诗"音"的问题谈一些粗浅的看法，大致可分为对句尾字是否押韵、句中字是否拗口和出句尾字是否存在变化三个方面。为了便于说明，只举律诗加以探讨，这些问题本质上都和朗诵有关，对于五七言诗而言，朗诵的效果显然是极为重要的，若处理不好，则有损诗美。

一、押韵

创作旧体诗，首当其冲的便是如何用韵的问题。当前用韵的情况比较混乱。有的依照旧韵即平水韵；有的依照基于平水韵适当放宽的宽韵；还有的直接按照当代普通话的四声写作旧体诗词，谓之新韵，似乎谁也说服不了谁，各行其是。别的不说，这种局面给旧体诗词大赛评奖就增添了不少麻烦。笔者曾看过一则大赛启事，有关用韵标准真是千叮咛万嘱咐，不厌其烦，幸亏中招高考都不考，嘿嘿。笔者在学写旧体诗之初，是谨遵《平水韵》的，后来受宽韵一派影响，开始使用宽韵，考之前代，宽韵乃是主流，为历代所认可的也是这一派。从隋朝《切韵》206韵，到南宋《平水韵》106韵，说明唐宋两代一直在做邻韵合并的工作，若依最初的206韵，显然既不利于科举，也不利于日常闲吟，只不过这种合并与归纳有一个前提条件，即都是以《切韵》为基础，在《切韵》内部进行的，不得抛开《切韵》另搞一套诗韵。就当代诗韵而言，也应在《平水韵》的前提下，以普通话为标准，将平上去三类韵部中相近或相邻的韵部合并，将不同韵部中读音相近的字词归纳到一起，这一点问题不大，分歧在于入声之存废，从元明清三代成功的经验可知，入声必须保存，方可有利于诗韵传统的延续与发展，即令今人废止入声，难保我们的后人不会以复古的名义来一次否定之否定式的革命，故不得轻言废止，按照读音相近原则，入声部也可重新归纳合并，古代实行入声通押，现在读来大多也不谐调，比如"发、国、物、直"等字如何能够通押呢？还是分开为好。

二、拗口

　　旧体诗是朗诵的文学，句式也与白话散文句式迥然有别。白话散文句子字数多，读音相同或相近的字词一般会被读音不同的字词隔开，读起来文从字顺，容易朗朗上口，但五七言诗的字词组合关系和白话散文完全不同，它有另一套规则。因此，两个甚至三个读音相同或相近的字词挨得太近，极易拗口，影响朗诵效果。比如曹植《赠白马王彪》有句云"我思郁以纡"；谢灵运《石壁精舍还湖中人》有句云"夕息在山栖"；陶渊明《移居》"疑义相与析"；李白五古《赠饶阳张司务遂》有句"夕栖碧海烟"；杜甫《泛溪》有句"异舍鸡亦栖"等等，看来这些绝顶高手也未免能大不能细，细处音节尚需微调。陶这一句中间幸亏是个读音最响亮的"相"字，若是"期"，就更含糊不清了，该换就得换。比如李白这句"夕栖碧海烟"这一句，改成"暮栖沧海烟"不行吗？

即使"暮、沧"这两字与全篇其他字重复，不能用，也应该还有其他字比"夕、碧"更合适吧，因为是五古，这里的"栖"字当然也可以改，比如"歇、宿"等等，只要像老杜那样"新诗改罢自长吟"，将音节反复地推敲一下，总能使之五音繁会，八音朗畅。又比如老杜这句"异舍鸡亦栖"，即使"鸡"不能改成"鹅、鸭"什么的，第一个"异"字总可以换成"邻"什么的吧？只要是旧体，即便大师也须考虑细节，因为细节是很重要的。对于一首完美的诗来说，没有哪一部分是可以忽略的细微之处，牵一发而动全身，这在惜字如金的五七言律诗里体现得最为明显，一字暗哑，全篇失色，所谓字字珠玑，是包括音节在内的，一首诗除了立意高超、字面和谐、音节上还要力求珠圆玉润，方称合作。

三、变化

旧体诗"音"的问题还与出句的尾字有关。前人早已发现老杜五律与七律出句的尾字是最讲究的。比如《野望》：

> 纳纳乾坤大，行行郡国遥。云山兼五岭，风壤带三苗。野树侵江阔，春蒲长雪消。扁舟空老去，无补圣明朝。

五律首联出句的尾字一般都是仄声，偶尔也会用平声字。在此首联、颔联、颈联和尾联出句的尾字"大、岭、阔、去"分别是去声、上声、入声和去声，读之抑扬顿挫，平添几多美感！设想一下如果这三个字都换成上声、或入声、或去声，效果会怎样？我们再举老杜《泊岳阳城下》：

> 江国逾千里，山城近百层。岸风翻夕浪，舟雪洒寒灯。留滞才难尽，艰危气益增。图南未可料，变化有鹍鹏。

这里颔联、颈联和尾联出句的尾字"浪、尽、料"都是去声，试读一下，语感定然不如上一首好，如果都是上声呢？试看笔者《壬辰清明节后谒黄帝陵》第三首：

> 桥陵春日静，客至任盘桓。
> 云卧双阙稳，鸟啼群柏闲。
> 波光怕惊柳，花气欲浮山。
> 安得范宽画，归途仔细看。

首联出句原来是"桥陵暮春美"，尾联原来是"安得丹青手？长教忆范宽"，如果仍依原稿，所有出句的尾字都是上声，字面上看去倒还没什么，但一朗读，毛病就暴露出来了，出句语气软绵绵的，缺乏刚柔相济之美，后来就调整成目前这样子，两上声，两去声，好歹有点变化。

又如《过绵山赏音乐晚会抒怀》：

> 介山千仞翠，飞阁万重丹。
> 此夕闻仙乐，恍如霄汉间。
> 长歌绕明月，妙舞起轻鸾。
> 却话君臣事，孤怀一怅然。

这首诗出句的音节我也不太满意。用当代普通话来读，"翠、乐、月、事"四个字都是第四声，太过沉重，就像乐曲，该舒缓轻扬的地方没能提上去，只不过从平水韵的角度来看，"乐、月"是入声，总算有所变化了。

《漫游天山志感》也有同样的毛病：

何幸天山结隽俦，相偕朱夏事清游。
云杉高并千峰立，雪水争从万壑流。
雨足草原牛马壮，烟飘夕照帐篷稠。
风光端的美如画，曾解佳人几许忧？

"立、壮、画"三个出句的尾字按当代普通话读音，皆为第四声，沉重单调，还好，依平水韵，"立"字属入声，勉强可以过关。

南朝沈约曾有"声律八病"之说，虽然每每有人讥之太细，然太细说明思考之深，总比太粗好，学者于此多加揣摩，当于创作有莫大益处。

下面结合拙作谈一些比较具体的问题。

先看一下《过庐山含鄱口即景》的用韵：

灵山偶藏面，不见亦琐琐。
其如五老峰，欲别总难舍。
长忆李青莲，曾此避烽火。
报国翻得罪，世事每相左。
三载流夜郎，投老悲坎坷。

> 沉冤终莫白，似雾犹深锁。
> 雨洒千秋泪，风落万松果。
> 凭谁为辨诬？安顿诗魂妥。

其中"舍"字，按平水韵，是出韵了的，若按当代普通话的读音，和"琐"等理应归属同一韵部，在此我将它从二十一马韵提出来，和二十哿（ge）韵通押，按理，哿韵尚有不少字可选，但是，依照当代四声，有些字读作第四声，如堕、垛、坐、惰等，三声和四声放在一首诗里很别扭，我宁愿从邻韵挑个同一声调的"舍"字更觉舒服。我想不管韵部如何调整，当代人写作旧体诗，让当代人读起来感觉押韵才是首要的，应该将散布在不同平水韵里的读音相同或相近的字归纳合并组成新的韵部，这不象把一东二冬往中间一拢那样简单，需要重新梳理一番。

再比如《过汤旺河地质公园观怪石》后半部分用韵：

> ……向来万峰簇，而今剩石柱。望去应有待，林立何静穆。或似龟曝背，或似蛇腾雾。或似猴藏壁，或似豹升树。或似飞天牛，或似望月兔。或似观音慈，或似钟馗怒。或似两劲敌，相逢于狭路。又或似爱侣，执手吐情愫。奇怪安可悉？皆为化工塑。何言太岑寂？请听无声处。刻画复摩挲，风雨朝复暮。

穆、肃皆入声，按照前人押韵规矩，入声是不可与其他仄韵比如上声或去声同押的，但派入第四声的入声字这么多，不用感觉太可惜。入声是要保留的，尤其是派入阴平阳平的入声不可用作平声，但派入上声去声的能否和其他上声去声的韵部通押呢？本来都是仄韵，我在此不妨尝试一下，如果将来大家都反对通押，我将纠正过来。

又如《夜过射洪县有怀陈子昂》前半部分入声韵的用法：

袖手懒开窗，夜色浓如墨。
但觉车行疾，城市复村落。
昏昏入睡乡，四顾何冥漠。
哐当一声响，梦破难重作。
小站人上下，孤灯微且弱。
原是射洪县，骤然动心魄。
久慕陈拾遗，千载伤契阔。
何意此邂逅，无月令失落。
尝读《感遇》篇，孤怀悲寂寞。
想登幽州台，秋风振寥廓。
武氏谋李唐，王孙膏斧锷。
当道用酷吏，杀人以为乐。

用的全是入声派入去声的字，让当代人读起来有完全押韵之感，而且没有与原本属于去声部的字通押的弊端，不过，即便是写这一小段，也颇为头疼，因为这些字都是从好几个入声部里挑选出来的，如果以当代普通话为标准，将这些入声部重新整理、归并一下，将会给旧体诗作者带来多大的方便啊！

讨论旧体诗音的问题，决不能脱离诗意，否则就有形式主义之嫌，选择韵脚或者句中选字之稳妥与否，应该结合诗的立意具体分析，说到底，旧体诗的音是为旧体诗的义服务的。拙作《过八五九农场游乌苏里江遇雨》：

故国百年剩乔木，大江终古只波涛。
无端猛雨遮望眼，卷起心潮比浪高。

末句原是"知是心潮是浪潮"。"浪潮"的"浪"字读音太响，而此处应该用一相对低沉的字音才切合所表达的情绪。"海潮"一词音既沉着，气势也好，可惜一查地图，乌苏里江与大海还差那么一大截，够不着，无奈只好改成目前这个样子。

《漫游天山志感》也有同样的毛病：

何幸天山结隽俦，相偕朱夏事清游。
云杉高并千峰立，雪水争从万壑流。
雨足草原牛马壮，烟飘夕照帐篷稠。
风光端的美如画，曾解佳人几许忧？

此稿也改过多次。"云杉高并千峰立"，原作"云杉高倚千峰立"，"倚"和"立"音节太近，而且"倚"字不足以体现云杉之高，所以换掉。"风光端的美如画"原作"风光难怪美如画"，后觉"难怪"语气刺耳，不够庄重，破坏了整体营造的忧郁伤感的抒情氛围，换作"端的"，口气比较舒缓柔和，效果可能会好些吧。

坐而论道，起而行之

当前，传统诗词发展的前景是非常乐观的。大气候、小环境都很适宜，对比五四以来诗词被打入冷宫，长期备受歧视的年代，二十多年前才刚刚复苏、十年之内通过大家共同的努力，便能出现今日复兴之局面，我们这一代诗词爱好者可谓生逢其时，幸运之至，此时坐下来畅谈"中华诗词的传承与发展"的前景亦可谓得其时哉！

不过，在诗词发展总的趋势看好的背景之下，仍然存在一些影响诗词发展的瓶颈式的问题，以前出于种种原因，这些问题被暂时搁置起来，现在看来应该正视并予以妥善解决，才有利于诗词的进一步繁荣，好在这些问题也日益得到大家的重视，逐步提到日程上来了，在此只谈一下诗韵的问题。

诗韵问题是当代写作旧体诗词既绕不开、又解不开的一个难题，搁置了这么几十年，导致各行其是、用韵混乱的局面。有人严守平水韵，不少作品用今日之普通话来读，已经完全不押韵，失去了诗词固有的韵律之美，仍然不管不顾，声称"我押的是古韵，这才是正宗！"殊不知从隋代官定第一部韵书《切韵》开始，古韵从初唐的《唐韵》、到北宋真宗年间的《广韵》、仁宗年间的《集韵》和《礼部韵略》再到金朝山西平水人王文郁编撰的简明扼要并为后世普遍认同的平水韵（清代仍依平水韵，只是换了一个名，改称《佩文韵府》），至少经历了六次大的修订，不知他所依据的到底是哪一种古韵？若论正宗，平水韵能和《切韵》比吗？何不干脆就依《切韵》呢？若照此派观点，那么，唐代人就必须严守《切韵》，不必搞什么《唐韵》；宋代人也应当依《切韵》，退一万步也应当按照《唐韵》，不必搞什么《广韵》、《集韵》，更不必搞什么《集韵》的简本《礼部韵略》，难道他们不知道什么才是正宗吗！难道他们不知道墨守古韵更为省事，保险系数也更高吗？从《广韵》到《集韵》才隔了二三十年又重加修订，不是闲着没事干了吗？看来无论是唐人还是宋人，我们的老祖先们也和我们今人一个样儿，所谓人同此心，心同此理，都是怎么方便就怎么来，绝不肯舍近求远，自讨苦吃，尤其是北宋，不厌其烦地把韵书修订了这么多次，无非是应当代人之意愿，为当代人参加科举考试乃至日常闲吟提供更多的方便而已，既然如此，又有什么理由要求当代人写作诗词而去遵守八九百年之前的平水韵呢？地下的祖宗们知道了一定会哑然失笑滴。

　　与严守古韵截然对立的便是提倡新韵，完全抛开平水韵，依据当代普通话的四声来创作旧体诗词。有没有成书的所谓《当代新韵》，我不太清楚，也没有见过，似乎也不需要什么韵书，就按普通话四声，拿不准的时候翻一翻《当代汉语字典》，《当代汉语字典》就是《当代诗韵》！写词填曲，自然也不例外！在主张新韵的人看来，诗词用韵和全民普及的普通话就应该完全一致，这个天经地义，没有什么道理可讲！否则就有违与人方便、与时俱进的宗旨，其实，这种观点也是古已有之的。早在唐代就有人认为《切韵》系吴音，而按照秦音编成《唐英》，但并没有流行；元代有《中原音韵》，把入声取消了，但只用于北曲创作，大家作诗填词还照样用的是平水韵。一个朝代，同时竟有两部韵书，岂不怪哉！怪不得元代的诗人词家极少同时作曲，而元曲作家极少见有诗词作品，试想诗词写顺手了，再去作曲，还得熟悉另外一套韵书，岂不是很伤脑筋的一件事！明代有《洪武正韵》，据说朱洪武也认为《切韵》系吴音，这回他希望以"中原雅音"作为标准另立新韵，但由于参与修订者大多来自南方且运用旧韵比较熟练，结果反复了五六次，搞出来的韵书都不满意，但个人对抗传统，即便是皇帝也感到吃力，最后无奈地挥手放行！我估计朱洪武内心对《中原音韵》是很赞赏的，也想取消入声，但那是前朝的文化成果，他不好明确表态实行拿来主义，只好以九五之尊被迫作了让步，入声得以保留。这说明《切韵》一系根深蒂固，实难废止，据说明代诗人们写诗填词还是依照平水韵，至于《洪武正韵》，只是南曲作家们偶尔还翻一翻罢了。清代康熙大帝比较明智，将平水韵改名为《佩文韵府》，照单全收，一百零六韵，基本上没作任何增删，《切韵》于是得以重新恢复它在诗韵谱系中的正统地位，由前朝得失可知，抛开《切韵》乃至平水韵，另起炉灶，搞断代诗韵，是行不通的，前代行不通的事，难道当代就能行得通吗？

对这两派意见，我都不赞同，要么太左，要么太右，其弊都在于背离了中道。主张平水韵者，只看到了继承的合理性，却没有看到继承之中要有发展，无发展便谈不上继承；主张新韵者，只看到了发展的合理性，却没有看到发展必须以继承为前提，无继承势必难以发展，旧者不旧，新者不新，其间的辨证关系颇堪寻味。考之前代成功经验，不难看出，对于当代诗韵而言，唯一可行的方案便是依照当代普通话的读音，对平水韵重新加以整合。相邻韵部可合便合，如一东二冬，庚青蒸等等；在不同韵部而可合者先整而后合，如支微韵、真文元韵，这一派可称宽韵派。宽之一义大矣，可谓同时包括了诗韵的新旧因子，所谓旧者可延续诗韵亘古以来的传统即《切韵》一脉，杜绝了背离传统的危险，所谓新者认同并接纳当代普通话的发展现状，为传统不断注入新的活力。新旧之结合，令当代诗韵和传统诗韵之间呈现出既继承又发展的良好关系，既不悖于传统，又给当代人的诗词创作提供了最大方便，真是何乐而不为呢？

　　古语有云：与其坐而论道，不如起而行之，其实二者不可偏废，坐而论道，论明白了，再起而行之，避免了盲目性，不是更好吗？至于诗韵修订的必要性如果清楚了，那么下一步便可起而行之了。诗韵修订之事（不必说诗韵改革，其实就是整理同类项的工作而已，谓之改革有点言重），搁置了几十年，就是因为没有加以正确引导，而是放任自流，才导致今日诗韵混乱之局面。具体情况就不必说了，大家只要看看当今一些诗词征稿大赛的用韵细则就可知三派并存之弊了，如不事先叮嘱，根本就无法着手评选，因为没有一个统一的标准，这种事情放在古代恐怕绝对不会发生。《孙子兵法》开篇即云"兵者，国之大事也，"而在古代，修订韵书又何尝不是一件大事呢？隋代开国不久，就组织人马编撰韵书，唐初有《唐韵》，北宋两部韵书都是建国不久即便着手。朱元璋再忙也没忘了重修韵书，而且竟然连续返工了五次！可见历朝历代执政者对于薄薄的一本韵书之重视，这是因为立国之本在于人才，而人才要靠科举，科举要考诗赋，诗赋要靠韵书，修订韵书当然成了重中之重。可惜共和国成立六十余年了，因为百年成见的缘故，虽然近二十年，诗词的发展如火如荼，但我们国家当今礼部仍然视若无睹，须知历代诗韵之修订都是由礼部也即我们当今的教育部主持的。今天要想修订诗韵，恐怕也将有赖于教育部，只要将诗韵纳入中招高考，谁敢不重视呢？只要教育部牵个头，诗韵修订又有何难？但这需要诗词界向教育部建言献策。现在起而行之的时机或许已经到了，希望中华诗词研究院，在诗词界最有资格的机构能够代表诗词界着手这件事，果能如此，这必将是一件利在当代，功垂千秋的大好事。

2014 年 12 月 4 日

仁者襟抱，雅士风怀

——孟庆武先生诗词读后

因以前的老同事、诗人大卫先生的介绍，得以认识孟庆武先生。作为一位地方政府官员，孟先生十余年间写了近千首诗，惊奇之余倒也觉得正常。原因之一是官员写诗尤其是写旧体诗，在当今诗坛早已成为一种风气，而在古代更是一种主导现象，能写旧体诗词不仅是一位读书人步入仕途的起点，更是在宦海沉浮最起码的看家本领，是再正常不过的事情。看看古代那些一流的大诗人哪个不是做过官的？屈原、曹植、杜甫、苏东坡等等就不用说了，就连陶渊明也做过八十天的彭泽县令，李白也在翰林院挂了一个待诏学士的虚衔，日后被赐金还山、浪游天下的时候，我想这个虚衔对于太白先生来说仍然具有唬人的威力，毕竟是金口皇封，和一般的处士、布衣不可同日而语，虽说还山之后真实的身份也就是个布衣，但就是不一样！人家进过京城，见过金銮殿，和天子打过交道。我甚至以为在我国古代，凡是一流乃至超一流的大诗人都必须到国家的首都来历练历练，否则气魄与眼界都上不来。清代英年早逝的大诗人黄景仁便有一句诗："自嫌诗少幽燕气，故向冰天跃马行"，其实他是想进京城见见大世面而已，否则以幽燕之大，他为什么偏偏还是呆在北京城里呢？可见进京在一位大诗人的意识里有着多么重要的地位。在当今中国，作为读书人可以有各种职业的选择，不必非要做官，这是我辈生逢今世的幸运，但作为诗人，官员的身份与阅历与眼界仍然具有其他职业者无可比拟的优势。当代人对官员写诗有一种认识上的误区，以为凡官员皆是老干体或者少干体，其实什么体和官员毫无关系，就看会不会写诗，有没有掌握写诗的秘诀，否则，学者教授也照样可能写的是老干体。起初听大卫兄说庆武兄是位官员时，我也担心这位老兄会不会也是老干体写作者，所以对作序一事甚感迟疑。但接到诗稿并且见过其人之后，这种顾虑一下子就消除了，庆武兄所作的确是真正的旧体诗词，虽然一些作品就诗艺而言还有进一步推敲的必要，但不影响诗的本色。其二，我见过有比庆武兄更高产的官员诗人。初学旧体，兴不可遏，日作十首，年产八百，不乏其人，但庆武兄和这些人还不一样，他是沉潜了十余年之后，才拿出来和大家见面，此前一首诗也不曾往国家级诗词刊物上投过，就这份耐性与毅力，便不是一般人能比得了的。

读罢庆武兄诗词，我有以下几点粗浅的感受：

一是庆武兄很擅长白描。我国旧体诗词是以一当十的语言艺术，在有限的文字里既要充分圆满地表达作者内心的感觉，又要有诗味，耐咀嚼，含蓄而不晦涩，明白而非直白，真是难乎其难，唯一的办法就是融情入景，在情景交融之际让景物，准确地说是让意象说话，而不是让作者一语道破，这样才能形成完整的意境和足够的诗味，这就需要白描的能力，可以说白描或者写实（有点类似绘画中的写生）的能力在旧体诗词创作中占有举足轻重的地位，一个诗人创作有无潜力，能否进入更高境界，就看他写实的功力到底如何，一个诗人如果只能直抒胸臆，而不会白描，创作会很快感觉枯竭而难以为继，反之，如果白描功力日趋成熟，那么他将感到遇物赋形，得心应手，虽穷其态极其妍，而无虑乎重复。老杜之所以能独有千古，我想就和其极其扎实的体物写实的功夫密不可分，谁能坚持走老杜的创作道路，谁才能得老杜之真传而达旧体之佳境，舍此更无他途，亦无捷径。庆武兄在白描方面显然是下过一番功夫的，所以取得了相应的成就。比如《题画》诗：

（一）

幽溪环水佩，危嶂叠长天。
人居云鬟里，躬耕缥缈间。

（二）

空山秋气高，疏磬出林梢。
渔父知何处？炊烟尚未消。

第一首后两句尤其精彩，"人居云鬟里"，似乎未经人道，极空灵曼妙之致，第二首写山林隐逸之趣，语言也颇简净疏朗。又比如《路边偶得》：

炎日当空过若羌，欲寻客栈饱饥肠。
停车忽见滩流急，昨夜他山风雨狂。

作者由停车偶见之细节，推断他山昨夜之情形，合理而且有趣，可谓妙手偶得。

其他诸如"昨日重阳今日雪，胡天八月透衣凉"（《初雪》）之真切；"起早查墒去，一脚入春泥"（《查墒》）之生动；"月分两地影，风合一天秋"（《甲申中秋作》）之工致；"星转斗移月沉西，长风拂柳马蹄疾。轮台处处风光好，大漠扬鞭正此时"（《起早赴轮台》）之豪迈；"云屯日暮暗苍穹，尘土扬天大漠风。作客轮南八百里，洪荒一路到塔中"（《到塔中》）之空阔；"一鹤排云去，炊烟绕翠林。响泉不经意，新月最销魂"（《山中》）之简淡；"土楼托碧月，白水绕丹崖"（《寻永定》）之幽邃；"莫道苏南四时暖，镇江腊月水如刀"（《过西津古渡》）之俊爽；"冬至南山里，茫茫雪岭寒。柴门客人少，闭户品茶闲"（《南山组诗·冬》）之闲适；"面对浮云人觉老，如弦新月不知秋"（《于橘子洲》）之怅惘；"四色冷盘消暑热，三樽佳酿趁梨花"（《湘北酒镇》）之淡雅；"疏云送孤雁，冷月映秋池"（《遥寄李好学先生》）之幽寂；"邻里闻香提酎来，酩酊相送循墙走"（《农院即事》）之率性；"野塘半亩水汪汪，岸柳识春初泛黄。高处蜻蜓偷眼看，小荷羞得敛衣裳"（《荷塘即景》）之工丽；"水蓼紫波舟似剪，高枝蝉噪五黄天"（《蝉声》）之热烈；"欲买一轮江上月，故乡秋后挂南塘"（《至龙阳》）之高华；"出城颖北到农家，大碗青壶荷叶茶。小院三棵石榴树，东风一地六菱花"（《颖上即事》）之质朴；"潋滟寒光寂，遽然群鹭惊。拍拍贴水起，杳杳入天青"（《耕渔》）之悠远；"半帘新月和风至，一树晚霞趁夜收"（《渚边茅舍》）之静谧等等，可谓不胜枚举，令人讽诵不已，玩味再三，久久沉浸在作者所创造的优美的意境之中。庆武兄尝自谦独学无师，但从这些佳什妙句来看，已然达到相当造诣，可见悟性之高和功夫之深，同时，和庆武兄在绘画上的造诣是分不开的，因为诗画同源嘛，精于绘画的诗人往往在白描上有过人之处，验之庆武兄可谓此言不虚。

二是写情入微。情景交融是旧体诗词的最高境界，所以，王国维在《人间词话》里明确说过：一切景语皆情语，上面谈及白描所举诗句当然也可算作"写情入微"的范例。不过，在此我要说的是庆武兄诗词的另外一个方面的内容，即他是一位情感非常丰富、很有爱心、特别看重亲情和友情、对弱势群体又富有同情心的诗人。体现亲情的作品如《清平乐·赠女儿》"家书收到，娇女生辰照。酒窝甜甜眉宇笑"，绘声绘色，真切如在目前。又如《自制词·中秋》

关外中秋夜风凉，月下念爹娘。千里问平安，撩母生悲伤。呼天地，盼儿郎，几断肠。待春风里，花开时节，再看爹娘。

亲情之浓烈，感人至深。唯"娘"字重韵，可微调。

另外一首表现亲情的作品《抒怀》也给我留下了很深的印象：

双亲年迈岁难挥，儿在边疆总惦怀。
斗室寒衾风雪夜，怕闻电话老家来。

远方游子最盼得到老家的消息，又最怕得到老家的消息。因为父母担心影响远方子女的工作，除非万不得已，一般不会给子女去信或者打电话，如果电话或信件真的来了，很可能不是什么好消息。老杜有一句诗早就说出游子左右为难的心情："反畏消息来，寸心亦何有？"庆武兄这首诗动人之处即在于此。

岂止亲情，庆武兄对友人的关心也同样感人肺腑。他有一首《牵怀》是这样写的：

> 入夜风竹扰客寝，醒来梦魇几惊心。
> 山高道远秦关险，电话怕寻路上人。

因为深夜长路，情况瞬息万变，作者唯恐朋友遭遇不测，握着电话筒忐忑不安，一句"电话怕寻路上人"写尽了对友人的担心和关怀。庆武兄还有一首《同里道中》也写得非常传神：

序曰：初来同里，梅雨乍晴。忽闻游人中一亲切乡音，蓦然回首，二十余年从未谋面的同窗好友竟出现眼前，宛如梦中。

> 同里初来雨乍晴，游人如织各西东。
> 乡音一声圆旧梦，相逢却在无意中。

庆武兄生长在农村，对农民的辛苦有切身体会，因而对他们寄予深深的同情。比如两首反映农民辛勤劳作的五绝：

《雨耕》

水田扶犁耕，泥肥脚沤红。
终年无闲日，可怜天下农。

《夜耕》

月下残垣外，山家人未闲。
老翁携幼稚，夜种口粮田。

没有对农村生活的亲身体会，是断然写不出"泥肥脚沤红"这样的诗句的，更不会从心底发出"终年无闲日，可怜天下农"这样极其深沉的喟叹的。读《夜耕》这首诗，使我不禁想起唐人聂夷中《田家》"父耕原上田，子劚山下荒"以及张碧《农父》"运锄耕劚侵星起"的情景，唯批判之锋芒稍不及前人耳。但在当今城市题材充斥的诗坛，这类反映农村与农民的题材已经少之又少了，即使有也是赞美与歌颂者居多，其实许多边远山区的农民生活依然是比较艰苦的。

庆武兄的同情心是无处不在的，他在《上元夜为加班的打工者讨薪》呼吁"加班加点有酬金，日复日来谁付薪？绿酒红袖上元夜，花灯明月可怜人"；在《三亚风雨亭遇打工者》，感叹"椰风海景里，阆苑酒歌声。羁旅天涯路，徘徊风雨亭"；在《癸未七夕》怅望"七夕瘦月挂天西，望断星河又鹊期。牛女相逢毋涕泪，人间归路怕淋泥"；在《单调·龟兹怀古》里，他叹息"黄扉朱门尽羯鼓，谁人听出民间苦？"孔子说过：仁者爱人。若庆武兄真仁者也，唯有仁者才是真正的诗人，也唯有仁者才具有反战思想，为数百年前在《苏巴什》战死的征夫和征夫的孤儿寡妇们一掬同情之泪，这篇怀古之作慷慨沉雄，颇有老杜五古遗风。

作为一名官员，一名援疆干部，庆武兄《阳关踏雪》中有很大一部分作品真实地记述了当地牧民艰苦的生活和他的无限悲悯的心情。《夜查灾情》：

> 长风怒号五更醒，心系山村茅草棚。
> 不待平明入险谷，细查灾后牧民情。

在这里，作者不仅充分体现了一位优秀诗人的良知，更展示了一位优秀的党员干部的崇高境界，既为诗人也为党员作出了表率。再看《柴门问道》：

> 龟兹三月雪弥天，戈壁人家茅舍寒。
> 每探柴门频自语，春风何日度阳关？

前些年我也到过新疆伊犁，但那是旅游观光去的，看到的多是天山美景和到处点缀着牧民的帐蓬和牛羊的田园风光，并没有接触到底层牧民的真实的生活情景，庆武兄不仅看到了而且用诗词记录了下来，一句"春风何日度阳关"既是作者作为援疆干部扪心自问，也令诗人们扼腕叹息并翘首以待。

庆武兄不仅是一位仁者，同时还是一位志趣高洁的雅士。集中诸如《赠少山居士》对"临户涌泉秀，迎帘落瀑喧……抱琴绕花径，载具钓江天"的欣羡，《记听荷轩主人》中对"探花采柳耕云圃，听雨赏荷煮绿茶。竹下瑶琴动素月，砚边松墨舞烟霞"的向往，在在都传达出作者的雅士情怀。

  三是才气可观。写诗填词靠的是什么？许多人可能脱口而出：靠的当然是才气了，其实，才气是一个再笼统不过、很难界定的概念。许多辞典释才气为才华或才能，等于同义反复，没有解释。我个人倒是认为写诗词首先靠的是兴趣，有了兴趣才会想着进一步把诗词写好，兴趣浓到爱上诗词，天道酬勤，早晚会写出佳作的。但同样是有兴趣，有的人很快就写得很不错，有的人却迟迟入不了门，其间就似乎存在着有无才气的问题。单从诗体而言，许多著名的诗人也只能精于其中的一至两体，很难诸体兼善。比如孟浩然精于五言而短于七言，李白长于绝句、歌行而短于七律，老杜长于律诗而拙于绝句等等，这里好像又不仅仅是才气大小的区别，而和性情有关，但我们还是按照习惯以才气论之吧，这样比较方便。一般说来，短小的体制比如绝句谁都能写，只要愿意下功夫，迟早会写出一两首好诗来，因为这种短小的体制相对比较容易驾驭，有中人之才虽气势不足亦能应付，当然写得又多又好亦非大才不办，而长篇巨制则必须有足够的气势才能做到首尾连贯，始终不竭，所谓才气大概在这里表现得最为明显吧。庆武兄积十年功力，不仅创作了大批绝句和五七言律，而且尝试写了一些长篇古风，比如五古《李清照》《苏巴什怀古》《寻淮阳》；七古如《感史》《天山神木园》等等。这些作品也许语言上还有不尽如人意的地方，但驱遣典故，议论纵横，气贯全篇而无稍衰之象，已经显示作者腹笥充盈，才力充沛，后劲十足，假以时日，必有可观。

  谈到不足，我想主要有以下两点：一是慎用僻字。诗词创作当然首先是自娱，但最终目的是要用于交流和传播的，古代许多生僻字在当代已经失去表达的功能，除非学有专攻者早已无人问津了，而诗文随世运，无日不趋新，当代诗词要尽可能使用在当代仍然葆有活力的词汇，力求明白晓畅，切忌佶屈聱牙，以致于有伤诗美。古代韩愈在诗里用生僻的字词是出了名的，但仔细考察他也只是在个别长篇古风比如《南山》和《陆浑山火和皇甫湜用其韵》里用得多些，而在绝句和五七言律中是绝对不用的，这说明韩愈用不用生僻字词是有原则的，但庆武兄却是在绝句和五七言律中也使用了的，这样不仅不能增加典雅之美，反而有些像一碗香喷喷的米饭，吃得正香突然嚼到一粒沙子一样，这就令人难免有些不安了。比如《燕山访友人》："举酒月临觯，对弈星窥棋"；《农院即事》："邻里闻香提酎来，酩酊相送循墙走"；《过羊达库都克》"草木苍唐零紫关，长河泱漭绕岩巅"；又比如《天关月下》"乡愁未尽添新郁，抬首玄烛三五逢"等等，"觯"、"酎"、"苍唐"、"玄烛"，都是不常用的生僻字词，如果作者不注释，读者很可能不明白觯乃酒杯，而玄烛乃月亮之义。其实，真正优秀的诗词是自足的，并不需要注释，注释是无奈的行为，是诗意表达不到位的情况下所采取的补救做法，其实是不可取的，有些人恨不得二十个字的诗加上两千字的注释，认为不如此不能显示其学问，但他们忘了诗词是吟咏性情的，决不是夸示学问的地方，想显示学问最好去写学术论文，诗词是不需要这些累赘的东西的。我们看李杜这些大家千年以前的作品都几乎没有一个生僻字词，后人费心注释的也只是典故部分，而对典故的注释则是必要的，因其背景太过复杂，但即使是用典，至少在字面上也是提倡用而化之让人分辨不出是在用典，所以，这一点还须提请注意。

其二则是力避孤平。孤平历来是格律诗大忌，如果古代试帖诗里犯了此项，进士及第基本上是无望了。今天没有这样严格，但也尽量以不犯为好。集中如《牵怀》"山高道远秦关险，电话怕寻路上人"；《拥军途中》："八月拥军哨所巡，崎岖山路乱石深。雪溜成涧没栈道，营号隔川十里闻"；《初到罗布泊》"罗泊醉卧仰天笑，到此古来有几人"等等，听庆武兄自己介绍说是守新韵的，那么类似"八月拥军哨所巡"和"营号隔川十里闻"还是可以理解的，但"电话怕寻路上人"和"到此古来有几人"无论依新旧韵都是犯了孤平的，集中类似这样的句子还有不少，也须稍加留意才好。

总之，庆武兄富有仁者之心和雅士之怀，认认真真做官，踏踏实实做诗，苦心孤诣十余年，诗词创作已经取得了非常可观的成就，随着眼界进一步扩大，功力进一步加深，将来一定能写出更多更好的诗词作品，为中州乃至中国当代诗词增添异彩。

2013 年 11 月 3 日

沧海横流日，诗人安可归

——简评刘光第遗诗

以前只知刘光第积极参与维新变法，是一位慷慨激烈的士子，并不了解他还是一位诗人，一位旧体诗高手，在晚清四川享有"八大文学家"的崇高声誉。梁启超在《刘光第传》中也给予很高评价，说他"博学能文诗，诗在韩、杜之间。"听说刘光第的集子已出，可惜手边没有，只在网上搜得二十多首古近体诗，乍读之下，已是意外之喜。比如以下几首便堪称佳篇：

《西湖》

胜地呼人作雅留，愧无邛杖挂钱游。
两峰苍翠一孤艇，五里荷花十二楼。
县有湖山高蜀国，梦随烟月落杭州。
漫怜词客清寒甚，踏叶来占易洞秋。

《读易洞》

易学古在蜀，卖香邛㟷间。
何人坐烟月，复此注藏山。
石屋天心满，湖楼客语闲。
我来借孤榻，清梦藕花湾。

《京寓小园》

短墙骑马客难遮，栽竹嫌窥寂寞家。
戴笠吟身藏日下，闭门生趣满天涯。
残蔬雨过还新绿，老树春迟得久花。
剩有销沉今古意，夕阳庭际数归鸦。

《幽居》

静气入昏旦，物情相与幽。
飞星迟濯足，初日淡梳头。
檐竹惊栖雀，池花照卧牛。
平生五岳志，收拾在林丘。

《读史》

寂寂瓶花在案头，废书三叹只增愁。
空将意气争屠狗，岂有功名到沐猴。
运去众材倾大厦，时来一事即千秋。
古今怀抱谁消得，落日无言傍小楼。

因是网上搜来，不知文字有无出入？这五首诗不仅体物入微，而且造句工稳，可谓字字妥帖，句句精当，一看便知出于老杜一脉，不仅全篇无一败笔，其中还颇有佳句。比如"两峰苍翠一孤艇，五里荷花十二楼。县有湖山高蜀国，梦随烟月落杭州""石屋天心满，湖楼客语闲；""残蔬雨过还新绿，老树春迟得久花""檐竹惊栖雀，池花照卧牛"。如此佳句令全篇更加熠熠生辉。其中我最喜欢以白描见长的《读史》。从"时来一事即千秋"可以想见刘光第等人起初对于维新变法事业还是抱着非常积极的态度乐观其成的，希望变法成功，国家富强，自己也因此流芳百世，但从结句来看，心中不无担心忧虑，毕竟十年京官对清廷的真实情形是了然于心的，故而就全篇而言基调还是压抑低沉的。

草草浏览之下，发现刘光第诗中还有许多佳句，令人过目难忘。比如《神水阁》"地接凤台栖楚客，水穿龙窟出荆门。"《华严顶》"楝香花凤窟，松黑老猿宫。一铎飞泉外，千灯淡雨中。"《罗汉寺》"战迹愁烽火，名心淡佛花。"《桂香池》"淮南词赋招名士，月里楼台住散仙。"《远心》"阅世摩孤剑，围书坐万山。雪天生气出，人海寄身闲。"《七夕》"花前闹儿女，人外淡星河"等等。

这些诗句多用实词，几乎不用虚词，句法矫健，章法井然，意象森罗，气味深稳，极似老杜，的确已得老杜律诗之真髓，显示出非凡的功力和不同流俗的高洁性情。梁启超评价其书法"书学鲁公，气骨森竦，严整肖其为人"，诗书同源，此语用于刘光第先生的诗也是非常贴切的，只是手边能看到的刘光第的作品实在太少了，该传称刘光第"家贫，坚苦刻厉，诗文甚富，就义后，未知其稿所在"，惜哉！

单从这二十几首诗来说，刘光第的诗歌成就已有大家气象，和谭嗣同堪称戊戌六君子之双璧。谭以绝句胜，刘以律诗胜。即令放在整个晚清，亦属佼佼者，胜于同时期的同光体者多多矣。

　　对于清代的诗词，学术界一向给予较高的评价，认为高于元明，这个评价还是符合实际的。但清诗一开始底气不足，之所以如此，是因为许多有名诗人由明入清，都是贰臣身份，拒不降清或者拒绝入仕如屈大均辈，毕竟是极少数。一个诗人大节有亏，终身抬不起头，还怎么在诗中大大方方地言志抒情呢，自己都不好意思！所以，清代第一代诗人比如钱谦益、吴伟业、龚鼎孳等人的格调和骨气都是不高的，纵使有才又有学，也难以尽情地展示。以后出生在清代，思想上没有前朝包袱的诗人，又长期生活在异族的统治下，文字狱十分严酷，也很难自由地表达自己，除了黄景仁，生活在社会底层，多少唱出了一个诗人的真实的心声，其他绝大多数诗人的作品都是只见文字，不见性情，当然是不敢流露自己真实的性情，以免招来无妄之灾，只好以学问为诗，以议论为诗，这固然情有可原，但以此就认定他们是在学宋诗，甚至同光体作者们也认为自己属于宋诗派，我觉得这纯属误解。杜、韩读书破万卷，何尝不在以学问为诗，以议论为诗？只是他们学问用得恰到好处，议论纵横而不乏诗味，不像宋人大量地罗列学问，没有节制地议论，几乎忘了是在作诗，当然就没了诗味。自从南宋严羽区分唐宋诗的特点之后，大家都以为凡是在诗中炫耀学问，过度议论，就属于宋诗的范畴，并且以苏轼黄庭坚作为宋诗的代表。但是，大家细读苏黄的诗，便可以发现他们二人历代公认的代表作还是地道的唐诗的味道。比如苏轼的绝句与杜甫很接近，他的七律和刘禹锡很相似，他的古风则依稀有李白的影子。黄庭坚的七绝与七律则与唐代的李白和杜牧有着某种源渊关系，实在不好说他们有多少异于唐人的创新，更不好说他们创造了一代诗风，其他名家比如王禹偁、王安石、秦观、张耒、姜夔、陆游，范成大等等其实都是纯正的唐诗的味道。真正创造了一代之风的应该是杨万里。和唐诗重在情韵的审美理想不同，杨万里在大彻大悟之后，追求的是一种理趣，而相对于苏黄也曾追求的诗中的理，杨万里又更侧重于趣。趣者乐趣也。无乐便无趣。苏黄之辈一生不得志，有何乐可言？无乐岂能有趣？所以苏黄诗中几乎无趣，而杨万里诗中处处有趣。我们试读杨万里两首绝句代表作：

《宿新市徐公店》其二

篱落疏疏一径深，树头花落未成阴。
儿童急走追黄蝶，飞入菜花无处寻。

《小池》

泉眼无声惜细流，树阴照水爱晴柔。
小荷才露尖尖角，早有蜻蜓立上头。

如果说这两首诗前两句还是唐诗的路数，一般人都写得出来，那么，后两句就绝对不是唐诗的味道了，也不是任何人都能写得出来的了，他是一种全新的视角，全新的心态，全新的审美趣味！因此，如果说宋代有哪一位诗人能跳出李杜韩白的掌心，创造了一种全新的诗歌风貌，那么这个人只能是杨万里，而不是苏黄陈（陈与义）陆。同光体声称学宋，但无一人学杨，那么就不能说他们在学宋，只能说他们在学宋代某一位诗人或者苏或者黄或者陆而已。其实，同光体笼而统之地宣称尊宋本来就是一个伪命题，就像笼统地尊唐、学选体一样都是伪命题，是不成立的。

刘光第身处同光体盛行之时，能够不为时尚所左右，潜习老杜卓然有成，显示出特立独行的品格，这和梁启超《刘光第传》"谭君（嗣同）以为京师所见高节笃行之士，罕其比也"是一致的，唯其崇尚气节，所以才能坚持正见，取法乎上，才有如此非凡的诗歌造诣，如果时局太平，天假以年，加上坚苦刻厉，成就正未可限量也，却生不逢时，含恨而殁。惜哉，伤哉！

2018 年 8 月 16 日

空灵沉郁嗟双美，幸福成功钟一身

——王建强诗词读后

（一）

南宋诗论家严羽在《沧浪诗话》里有一个著名的论断："李杜二公，正不当优劣。太白有一二妙处，子美不能道；子美有一二妙处，太白不能作。子美不能为太白之飘逸，太白不能为子美之沉郁，"此言一出，关尽天下悠悠之口，李杜优劣之争至此尘埃落定，圆满收场。

飘逸与沉郁，要么字字向上欲飞鸣，要么句句向下皆沉实，根本就是两种截然对立的诗境，确乎不可兼得，不过，"空灵"与"沉郁"有无可能融为一体呢？从形态上看，"飘逸"在气，呈狂放之动态，"空灵"在韵，介乎动静之间；韵与味很相近，而"沉郁"便重在味，形态上亦似动而静，似静而动，二者之合看来具备一定的前提条件，至少在清代，我发现了一条颇为难得的佐证。袁枚评价其诗友张问陶便称许其"沉郁空灵，为清代蜀中诗人之冠"，有心者不妨一读《船山诗草》，便知此言非虚；当今，则建强兄《问花集》庶几无愧。

建强兄这部求异版的《问花集》前后看了多遍，感到可夸赞者太多而可商榷者太少，这对于评论者可不是一件好事，因为"诗无达诂"，妙处难与君说；另一方面，乐天佳处，虽老妪能解，本来就不须吾辈饶舌，其中之艰辛之尴尬，难以言状，但既然又不得不说，也只好勉为其难了。

　　先谈一下整体观感。第一章写爱情，不仅是对伊人之爱，大凡可爱者尽收其中；第二章写家居，亲情浓郁，怡然自足；第三章乃众生之相，或美或刺，尽显爱憎，前二章乃切身之感，故"以我手写我心"，略事点染，自足动人，俊语佳篇，比比皆是，第三章虽然也是有感而发，也许是因为缺乏切肤之痛吧，个别作品不免过于平淡了些。

　　总的印象是诗词俱佳，词更擅场，语言风格则是语淡而秀，情深若无。以词为例，读问花词常常能让我不经意间重拾少年读韦庄词的美妙感觉，有时还以为自己正在读韦庄词呢，一位今人的作品竟然能使读者迷离恍惚到这种程度，真是不得了！高中时我就读于一镇中学，在镇上新华书店曾买到一本《唐宋名家词选》，入选数十家，最爱韦词，于是课余嘴边总爱哼着韦庄那首"少年游，杏花吹满头。陌上谁家年少，足风流。"曲当然是自度曲，怎么顺口就怎么哼吧，别人也听不明白，真的是自得其乐，这不？那种熟悉的旋律又在耳边飘来飘去，只是哼曲的少年的背影显得如此模糊，已经让我认不出来了。

　　同样擅长白描，不事雕绘，而情景自足，如在目前；同样空灵宛转，流丽轻浅，岂止风行水上，简直如从肺腑中流出；同样深情绵邈，耐人回味，令人怅惘，好似一脉相传。没有问过建强兄写词的门径，但对韦庄词肯定不会陌生吧，否则不会神似若此，就连集子的名称也只有一字之差，这难道只是一种巧合吗？

清代陈廷焯《白雨斋词话》说"韦端己词，似直而纡，似达而郁，最为词中胜境"，许昂霄《词综偶评》评韦词"语淡而悲，不堪多读"。我意问花词也应作如是观。然而，问花词之空灵易知，沉郁之处则不易知。因为空灵可以从意象之飘渺、句法之灵动、情思之幽微等诸多方面轻易感知，而沉郁只是一种情感，很容易被掩盖，又因为并非每首作品都会出现这类情绪，所以更易被忽略。其实，作为一个多情之人，更准确地说作为一位伤心人，作者的心里储存着足够深沉而细腻的情感，但因为作者同时又是一位性情非常善良、平和而又散淡的人，虽有满腹惆怅，也每每只在结尾点到为止罢了，如此处理方法极为高明，所谓"不着一字，尽得风流"便体现在这里，因为深沉的感情总是人间最美的感情，它应该留与心灵慢慢地去体悟，本来就不必大谈而特谈，反而显得浅薄。

这样的作品在问花词包括诗里都可以找出很多，例如《菩萨蛮·阁楼伴我唯清冷》，似"今宵难入睡，只被多情累。累了也无妨，坐听秋雨长"，何其沉郁！又如《清平乐·加州面馆》，似"小桌依旧临窗，面条滋味平常。窗外车流如水，一袭夜色新凉。"不是沉郁又是什么呢？其他如《无题·秋月虫声绕柳丝》、《柳梢青·又过惜别处》、《昨夜有梦》等等，皆空灵与沉郁臻于双美之佳作也。

（二）

　　读《问花集》，有一个很强烈的感觉便是灵气逼人。灵气当然源自才气，但似乎比才气又多了一点什么，多了一点什么呢？"诗者，吟咏性情也"，我想定是另外来自性情的某种东西吧。在本书梅驿女士有关《问花集》的读书笔记里，我注意到有这么一行文字："认识问花的时候，他已经三十多岁了，却每每能窥见他天真烂漫、顽皮淘气的童年。"的确，从本书第二章描写家庭生活的众多诗词里，任谁都能品出建强兄的幸福感和满足感。他不仅有一个快乐的童年，而今高堂健在，伉俪情深，儿女双全，一家人其乐融融，再加上事业成功，人到中年的建强兄可谓幸福成功钟于一身，乃世间真正有福之人也。

　　老杜当年悼太白有云：千秋万岁名，寂寞身后事。利不及生前，虽有盛名垂于后世，又有何益！梅尧臣曾抱怨欧阳修自已想做韩愈，却将他比作孟东野，言下愤愤不平。韩孟齐名，做个孟东野难道还委曲他了不成？原来孟郊三子尽夭，无后而终，如此人生大悲，断不是区区诗名可以补偿得了的！看来，虽然诗人们都清楚"诗穷而后工"的道理，都愿意把诗写好，都喜爱"诗人"这项桂冠，但在内心深处，没有一位诗人甘愿拿实在的人生去交换，不是就连拥有"诗穷而后工"这句名言著作权的欧阳修先生本人也不愿做孟郊，而想做韩愈吗？因为韩侍郎毕竟是个副部级的官呀！何况还有一座很不错的别墅呢？读韩愈《示儿》"始我来京师，止携一束书。辛勤三十年，以有此屋庐"，然后东南西北，不厌其烦地描绘一番，而流露出来的则是不胜欣慰之情。高士可以讥之以俗，但只要读过《去岁以刑部侍郎以罪贬潮州刺史，乘驿赴任，其后家亦谴逐，小女道死，殡之层峰驿旁山下，蒙恩还朝，过其墓留题驿梁》之诗，听听韩退之"绕坟不暇号三匝，设祭唯闻饭一盘。致汝无辜由我罪，百年惭痛泪阑干"之句，便不难理解居有所，食有肉，儿女俱全这种貌似俗人的幸福对于韩愈是何等的奢侈与重要了。相信李杜韩孟复生，读过建强兄《清平乐·我爱我家》两首、《晚归》、《油菜花》、《陪家母输液》、《写给母亲》等等诗词，定会面露欣羡之色，至于在下当然更不必说了。其实，建强兄令人欣羡者还不止于家居之温馨，事业之成功，从第一章里那些追忆似水恋情、留连四时花草、关注微小生灵的作品，可以看出建强兄虽然不乏坎坷经历，却能始终葆有一颗爱心，因其有爱，所以容易发现美，所以幸福，所以文字充满灵气，所谓福至心灵是也，他人未必无才气，但文字之所以不够灵动，大概便是缺乏幸福感之故也，纳兰就曾祈祷上苍"莫将残福折书生"，诗人们是多么渴望人生的幸福啊！找不到，于是只好以功力取胜，但功力只能做到工稳，仍然不能使文字灵动起来，半生坎坷的韩愈便曾感慨"愁苦之音易好，欢愉之辞难工"，屈指算来，古今诗家词客何止万千，能够让文字欢快起来的还真没有几个，如此则建强兄要算是中国诗人之特例了，至少相对于我国古代诗人们是如此。

2011 年 2 月 16 日

附录一

恬淡与刚健的融和魅力

——江岚诗质地漫议

段维

《新潮诗词评论》编辑部约我写一篇江岚诗作的评论文章，我不假思索就应承下来。及至收到江岚兄寄来的 40 首诗作，品味再三，心有戚戚焉，却不知如何下笔。读着江岚的诗，总有一种潺潺的情愫律动心弦，着力处还会让内心最柔软的部分隐隐作痛。但那到底是什么，却一时说不清。按照当下评诗的套路，大可摘出作者的一些佳句进行品评，然后再将其升华一把。但说来奇怪，江岚的诗不能说没有佳句，但十分抢眼的并没有很多；然而读后却又那样真真切切地触动着我。因此，评论欲走现成的老路，恐怕行不通。

于是，我把他的诗作打印出来，带在手边，有空就拿出来品味一番。渐渐地似有所悟。然对与不对，只好套用一句当下流行语了：我的文章我做主。

一、恬淡：江岚诗风与诗人情怀

仲冬的一个周末，艳阳高照，气温回升，我驱车至郊外闲游，看到三五农民正在翻耕田土。那怡然自得的神态，让我情不自禁地念叨起陶潜的诗句：

> 少无适俗韵，性本爱丘山。
> 误落尘网中，一去三十年。
> 羁鸟恋旧林，池鱼思故渊。
> 开荒南野际，守拙归园田。
> 方宅十余亩，草屋八九间。
> 榆柳荫后檐，桃李罗堂前。
> 暧暧远人村，依依墟里烟。
> 狗吠深巷中，鸡鸣桑树颠。
> 户庭无尘杂，虚室有余闲。

陶诗字面上往往用平淡、自然、优美、浅净的文字，写意出一幅幅宁静、淡远的山水田园画，表现了大自然清明澄澈的美，以及诗人物我同一、超尘拔俗的恬淡人格。而实质上，这些平静浅淡的文字里却包含着深邃、厚重的意蕴。正是这种恬淡的美，深深感动了读者，让读者产生润物无声的情感共鸣。

这不也正是江岚诗中最明显的风格么？我们不妨先来看看他自选集中排在最前面的三首绝句：

乙未春雨过敬亭山生态园瞻太白像步其《独坐敬亭山》原韵

> 胜地耽高咏，临风负手闲。
> 也应听不厌，暮雨洒空山。

壬午春末游十渡杂咏选一

孤馆倚空山,清光如许寒。
骆驼峰下望,恍惚已千年。

春日过东固访富田事变发生地王家祠堂

故地青樟老,空庭丹桂花。
休教花解语,一任日西斜。

　　五绝最是难写,江岚兄能写得如此醇厚,与他自然性情的流露、朴实无华的笔法分不开。这几首五绝,乍一看很有些王维的影子。仅从诗的意境来看,王维与陶渊明确有相似之处。但如果更进一步考量二者的内心世界,区别还是很大的。陶渊明是真心实意的归隐,王维则是遇挫后的暂时逃避。反映到诗作中,陶渊明就像"采菊东篱下,悠然见南山"那般自然天成;而王维则多少有些像"月出惊山鸟,时鸣春涧中"那样刻意了。

　　我与江岚兄谈不上过从甚密,有限的几次接触和交谈,总感到他有谦谦君子之风。这种为人处世的风格与其诗词创作有没有内在的必然联系呢?我想到了意识批评。

　　乔治·布莱的《批评意识》一书被认为是日内瓦学派的"全景式的宣言"杰作,他在书中提出一种建立在阅读现象学基础上的意识批评理论和方法,主张批评主体与创作主体的认同。他认为,在阅读过程中,批评主体虽然让位于创作主体的意识，但他并非完全地丧失自我，而仍然在继续着自身的意识活动。这样在读者和作者之间就通过阅读行为产生一种"相毗连的意识"，并由此在读者身上产生一种"惊奇"，这个感到惊奇的意识就是批评意识，它实际上即为读者意识。读者在把他人的思想当做自己的意识对象时，与创作主体形成了一种包容或同一的关系。

而这种认同又是通过把握作者的"我思"而获得，是两个主体间的意识交流和沟通行为。所谓"我思"即作家在作品中流露出来的意识，因此，发现作家们的"我思"，就等于在同样的条件下，几乎使用同样的词语再造每一位作家经验过的"我思"。这样就出现了批评的认同。

2016年4月底，我参加了《诗刊》社和晋江文联组织的"海丝晋江行"采风活动，有幸与江岚兄同行。一路上我们多数人说说笑笑，而他则话语不多，每到一地总是默默观察；为了尽快完成采风活动的写作任务，我们一行人早早动笔，不断地晒出自己的作品，而他则久久不拿出来。直到过了很久，我才最早在《诗刊·子曰》公众号上读到他的诗作。下面录二首这次自选集中并没有收入的作品：

丙申春暮谒安海镇龙山寺

一片慈云卧翠微，春残法雨尚霏霏。
苍蟠石柱龙听海，绿锁莲池叶护龟。
愧向婆婆耽好句，空教文字老通眉。
上人经过多遗泽，瞻拜不禁双泪垂。

丙申春暮过晋江草庵寺

> 万绿沉沉处，红墙一草庵。
> 深山无客到，绝壁有龙盘。
> 古寺耽凭吊，幽禽自往还。
> 昔人不可见，空此雨廉纤。

这两首诗，依旧是淡泊的风格，除了第一首七律的颔联句式有些新人耳目外（我清楚地记得，这还是我们一帮好为人师者建议他这么组句的，他也许不好意思拒绝诗友的盛情才使用的吧），其余都不以句法、章法取胜。第二首五律读至"古寺耽凭吊，幽禽自往还"时，我不禁想起陶潜《饮酒二十首》之四中的"栖栖失群鸟，日暮犹独飞"的句子，甚至恍惚觉得江岚诗里的"幽禽"就是陶潜诗里的"失群鸟"，而这只鸟正穿越千年，充当着两位诗人心灵交通的信使。

在这次采风活动中，我发现江岚兄是很享受创作过程的，他在这个过程中不是为了完成任务，更不是为了炫耀才学，而是用心去与历史对话，然后把这种对话的心得忠实地表达出来。这与当下诗坛心浮气躁的表演和逞强斗技的风气有着云泥之别。就我自己来说，写诗丝毫没有求实惠的功利之心，但却不乏求虚名的炫技举动。当下诗词界，评价一首诗的好坏，十分注重句子是否精妙、章法是否独到、立意是否崇高等元素，因为浮躁的编辑和敷衍的评委哪有心思去"细读"海量的作品呢！这样一来，像江岚兄这样的本色写作，是很难被选为报刊头条或摘得各种大奖桂冠的。这就十分考验一个人的写作动机了。

二、刚健：江岚诗骼与内在品质

既然把江岚与陶渊明对照着来看，那么两者的恬淡风格与情怀是一以贯之的，还是同样都有着共性中的个性呢？

在很多人眼里，陶渊明是山水田园诗的代表，其诗营造的田园牧歌式的意境令许多人迷恋。钟嵘《诗品》这样评价陶诗：文体省净，殆无长语。笃意真古，辞兴婉惬。每观其文，想其人德。世叹其质直。至如"欢颜酌春酒""日暮天无云"，风华清靡，岂直为田家语邪！古今隐逸诗人之宗也。严羽《沧浪诗话》云：汉、魏古诗，气象混沌，难以句摘，晋以还方有佳句，如渊明"采菊东篱下，悠然见南山"、谢灵运"池塘生春草"之类。谢所以不及陶者，康乐之诗精工，渊明之诗质而自然耳。赵文哲《媕雅堂诗话》则说：陶公之诗，元气淋漓，天机潇洒，纯任自然。然细玩其体物抒情，傅色结响，并非率易出之者，世人以白话为陶诗，真堪一哂。

然而，陶诗并非只有一种面目，他的内心也并非一直古井无波。他一生最大的痛苦是忠心报国的愿望无法实现，未酬的壮志一直深埋在心底，至晚年更加强烈。诗人内心的慷慨与悲愤借助怪诞神话形式释放出来，尤以《读〈山海经〉》组诗之九、之十所写的内容十分突出：

> 夸父诞宏志，乃与日竞走。
> 俱至虞渊下，似若无胜负。
> 神力既殊妙，倾河焉足有！
> 余迹寄邓林，功竟在身后。
>
> ——《读〈山海经〉其九》

精卫衔微木，将以填沧海。
刑天舞干戚，猛志固常在。
同物既无虑，化去不复悔。
徒设在昔心，良辰讵可待！

——《读〈山海经〉其十》

陶渊明通过对夸父远大志向和非凡毅力，对精卫、刑天顽强品格与一往无前的斗争精神的歌颂，对他们最终徒存猛志而发出的叹惋，从字里行间抒发了诗人"猛志逸四海，骞翮思远翥"（《杂诗十二首》其五）的豪情和"日月掷人去，有志不获骋"（《杂诗十二首》其二）的悲慨。

而他的《咏荆轲》则最为慷慨且锋芒毕露。像"雄发指危冠，猛气冲长缨""登车何时顾，飞盖入秦庭"的气概真可谓横绝千载！陶渊明之所以热情歌颂荆轲刺秦王的英雄事迹和正义勇敢行为，其目的是为了抒发自己对强暴者的反抗精神并对他们进行鞭挞。荆轲勇烈无畏、重义任侠的英雄行为在现实生活中是无法达到的，但是在诗人心灵深处，荆轲就是他自己，是他的理想，因此，诗人通过热情歌颂荆轲刺秦王的勇敢行为，使他的理想插上翅膀，自由翱翔。

同样，江岚的诗也有金刚怒目、慷慨悲歌的时候。兹略举二例：

过山海关怀戚继光

大纛飘扬十六年，更无烽火照燕山。
使公横槊向明末，哪个胡儿敢叩关！

过长白山天池

雪从太古尚皑皑，虎踞关东千嶂开。
绝顶霜风骇神鬼，大池何物吐氛埃？
棉衣愧比苔衣暖，心火休随地火埋。
淬罢群崖坚似铁，好同猛士镇高台。

第一首的"使公横槊向明末，哪个胡儿敢叩关"，大有毛泽东主席《咏蛙》之"春来我不先开口，哪个虫儿敢作声"的豪情。第二首整体上浩气干云，尾联则卒显其志——"淬罢群崖坚似铁，好同猛士镇高台"，这种气势当不在渊明《咏荆轲》之下。

与近体诗相比，江岚的古体诗写得更加厚重，亦更多刚健之笔。像《谒成吉思汗陵有感》《过伊犁咏马》就是如此。尤其是《咏长白山岳桦林》更是惊神泣鬼："独怜岳桦近高寒，倔强势欲傲风霜。木棉也称英雄树，对此壮气恐难当。苍松宁折不能弯，安知岳桦虽弯不能折？恍若复生与任公，去留肝胆两豪杰"，收束处，直是惊雷炸响："斧锯何辞根还在，雷电交加色不挠。截去犹堪作长剑，好为吾侪破寂寥。"

为什么江岚与陶潜的诗骼会有如此的相似之处呢？是经历、个性使然，还是观念、才情使然？我们很难妄加猜测。那我就只好又一次发挥我的"主观能动性"，以小我之心度他人之腹了。

好在有一种理论叫印象主义批评。那我就再次拿来给自己撑腰了。所谓印象主义批评其实是一种依据审美直觉，专注文学作品的审美特性，来表现批评家自我的主观印象和瞬间感受的批评方法。印象主义批评于十九世纪末、二十世纪初在西方一度盛行，它与我国传统的印象式批评在某些方面有契合之处。一方面，印象主义批评认为，批评本身就是一种创造，批评家就是艺术家，在进行批评活动时，不单要有情感的投入和体验，还要自由地舒展自己的个性，将自己的独特感受、内心体验、个性气质融入批评过程中去，这种充满个性化的批评才是真正的文学批评，用艺术家的标准要求批评家的做法是印象主义批评的一个特点。另一方面，印象主义批评既不重判断，也不重分析，而注重批评家审美印象的描述，这种印象的描述，只能以文学的方式进行，批评家将自己的理解溶解于感觉之中，不显露出理性的筋脉，带有鲜明的诗人气质和直觉方式，他们的批评过程就是感受美、颂扬美、创造美的过程。

这真是一个特别适合我的批评武器，可以一任我思维的野马，放纵奔驰。

我一直认为，人的性格有一个统领性的主调或基调，但也有适度性的变调。平时呈现的是主调，遇到合适的环境也会呈现出变调。陶渊明如此，江岚也不应该例外。陶渊明终其一生都难以彻底泯灭报效国家的愿望；我想，江岚兄心底燃烧的同样是一腔报国赤诚。这在"淬罢群崖坚似铁，好同猛士镇高台"和"截去犹堪作长剑，好为吾侪破寂寥"中清清楚楚地表明了心志。只是陶渊明隐于乡野，江岚兄隐于都市，因此二者在呈现变调时音色不可能完全一样而已。

性格决定命运。不善逢迎、不善言辞、不善屈膝者，常常空怀一腔热血，理想永远都是梦想。但陶渊明晚年的愤懑与其生活日渐困顿有关，而江岚兄的生活不至于窘迫吧，因此，他的峻峭诗骼更多地是源于一种心理自觉，一种与天地同悲、与百姓同仇的可贵品质。

三、融和：双重诗性造就的魅力江岚

说实话，我最喜欢读江岚那些恬淡风格的作品，这除了我个人的性格偏向内敛以外，还有一个重要的原因就是读诗时很容易将其诗与其人融合为一个整体，更何况他的诗意还那样醇厚耐品。先看他的两首七绝吧：

苏州秋日

昔人夜泊枫桥侧，留下三唐第一绝。
而今认得古时人，唯有桥头这轮月。

丁亥夏日过赛里木湖

湖上风高带雪吹，湖边芳草绿成围。
几时浪静摇船去？泊向湖心看落晖。

第一首显然是由张继的《枫桥夜泊》起兴的，诗句表达了对人世沧桑的感慨，相对于永恒的宇宙和不朽的诗篇，人是何等的速朽。这就从侧面告诫我们，与其去计较那些功名利禄，不如去拥抱文学、拥抱自然！第二首开头两句推出两幅绮丽的画面，尽管看起来是二元对立的；第三句则笔触一转，"几时浪静摇船去"，从而逗出第四句"泊向湖心看落晖"。外界好也罢、歹也罢，我且随心任意地欣赏夕阳的美丽去。

这是何等的修为！

江岚兄的七律则很有些老杜的气质，那就是显性的家国情怀。他的《读中国近现代史咏怀》三首情怀浩荡。如第一首中的"宁与外邦共休戚，那堪禹甸满腥膻"，第二首中的"纵遣小民自为战，百年何至泣铜驼"，第三首中的"长技强兵徒逞霸，移民立国不禁风"等诗句，苍凉老辣，直逼人心。

不止如此，江岚兄的一些作品，在同一首中还融和了恬淡与刚健之风，读来别具神韵。我们还是用作品来见证：

咏长白山美人松

风雨神州哀陆沉，白山黑水共悲呻。
几多巾帼揭竿起？赢得苍松属美人。

过潘家口水库

一湖山影绿，万壑水光青。
日沐九天阔，云飞数朵轻。
长城望犹在，痛史抚难平。
爱此喜峰口，登临豪气生！

前一首借美人松起兴，抒发的是对巾帼英雄的仰慕。这本是一个严肃而重大的主题，但结句的字面却无比秾丽华美。第二首算是典型的山水诗，前二联意境恬淡优雅，后二联则转为刚健峭拔。这种舒徐斗健之间的转换如此合拍，毫无斧凿痕迹，是极见功底的。

击键至此，文章该煞尾了，心情也顿时松弛不少。端起已经转凉的咖啡，牛饮一口，顿觉微苦中带着些许清爽和甘甜。这与我品读江岚兄诗作时的感受颇为相似。更深入一层，这种特殊的回味来自两个方面：一是微凉，二是牛饮。江岚的作品似乎也是需要放一放再品的，不适合趁热吞咽；江岚的诗还需要通过饱和式阅读才能渐入佳境，读三五首很难从局部上与之共鸣。这也是他的作品未能引起评论界重视的缘由吧。就我所知，评论家不管内心是否真的喜欢，都愿意去评论"实验派"作品。尽管这些"实验"很少有成功的，但却给评论家提供了舀之不绝的"话题"活水。江岚则不同，他的笔法是那样传统，他的为人又是那样低调，因此不为评论家所垂青是再正常不过的事情了。

而我，如果不是接受稿约，也不会那样去反复细读他的作品，也就不会发现他的诗或柔或刚，或刚柔并济，而且这两种看似对立的元素却在他的整体创作中由恬淡的基调所统领，终至融和。也许，正是这种对立统一的双重诗性，造就了魅力江岚！

——（原载《新潮诗词评论》2017 年第 2 期）

【作者简介】

段维，1964 年生，湖北英山人，法学博士。现系华中师范大学政治与国际关系学院党委书记、新闻传播学院教授，湖北省中华诗词学会副会长，首届荆楚诗词聂绀弩奖获得者。

附录二

江岚其人其诗

武立胜

　　刘勰在《文心雕龙》中说："世远莫见其面，觇文辄见其心。"姚鼐也在《复鲁絜非书》中有相同的观点："观其文，讽其音，是为文者之性情形状，举以殊焉。"概其大意：文如其人。读江岚的作品，是2005年我自费订阅《诗刊》和《中华诗词》等刊物的时候。但结识江岚，则是我进入《中华诗词》担任编辑之后的事情了。

　　一次，江岚送给我一本他与另外三位诗人的合集，书名叫《素心集》。那是我第一次集中赏读他的作品。江岚的名字是柔性的，江岚的诗也充满了柔性。"秋半天河似水清，凄其风露满重城。谁知世上几多恨，一夜笛声吹到明。"（《中秋》）"夜色幽幽似水蓝，星光遥映碧窗寒。梧桐枝上一轮月，袖手中庭独自看。"（《秋夜》）。在中国，秋历来"多事"。尤其对于诗人，更加容易引起诗性的爆发。两首以秋为题的绝句，风格清丽婉约，语言晶莹剔透，情绪饱满但不泛滥，意境悠长而不拖沓，"火候"把握得恰到好处。江岚似乎对秋有着特殊的敏感。今年初，在向他约稿时，又读到他一首与秋有关的作品："满城灯火乱如蝶，雨打秋槐一径斜。老友半年不曾聚，算来只隔两条街。"（《秋窗晚望怀友》，《中华诗词》2018年第五期，刊载时略有改动）笔锋不疾不徐、不紧不慢，叙事娓娓道来，画面淡雅而简洁，意象选择与意境营造取向一致，相得益彰，这便是江岚诗词的标志性基调——内敛而沉静。

在我眼里，江岚一直是个严肃甚至有些刻板的人，但是，再次读到他发来的三十首作品，我才知道自己对江岚的印象out了。"我岂贪杯者？杯来安可拒！莫笑步欹斜，犹能抱闺女。"（《春节在庙川十余日饮酒几无虚日戏作》）酒，自古以来就是表达友好、强化感情、促进交流的第一媒介，国人酒事，究有四怕：一怕请了不来，二怕来了不喝，三怕喝了不走；四怕走了又回。春节归乡，面对亲朋诗友的善意邀请，却之无疑是不恭的，来了不喝同样说不过去。但是，即便"杯不可拒、步已欹斜"，却"犹能抱闺女"。结尾如同相声、小品的包袱，令人忍俊不禁，极其生活化的语言，却不乏诗意和趣味。诗，有时候是能够彰显诗人的性格特点和生活态度的，所以，江岚也有其可爱的一面。

其实，每个人的内心情感与外在表现都是复杂的、多元的，有时甚至是矛盾的，诗人尤甚。"客游到此心转伤，徒叹归欤归何方？谁吟《招魂》犹在耳，东西南北恨茫茫。"（《丁酉初冬自涿州赴成都道中》）表现了诗人的冷静与深邃，彰显悲悯情怀与忧患意识；"恰似连宵拱地起，古城突现白云里。东风吹我上城头，春光弥漫到眼底。"（《戊戌春日登正定复建之古城墙》）扑来眼底的不仅是春光，更有对家国、对大自然的热爱，沉稳劲健，气质高华；"小院轻阴垂似纱，曲池明灭板桥斜。"（《戊戌春日过石家庄颐园宾馆后窗即景》）"修篁夹道几人家？溪水潾潾可浣纱。"（《过彭州磁峰镇石门竹海杂咏》）"谁倩天孙织霞帔？轻轻披上美人肩。"（《戊戌春日登正定复建之古城墙》）写景与写意并重，清新浪漫，气韵生动；"滹沱细细太行高，坐对浮屠品寂寥。话到古城桑海事，檀香花雨一时飘。"（《戊戌四月游正定诸佛寺感怀》）"望里寻常一土丘，中郎别后几千秋？遥怜春日湖边过，尝带文姬陌上游。直道事人翻贾祸，清才绝代恰宜愁。读书台畔风光好，柳絮飞飞落满头。"（《大溪水库坝上望蔡邕读书台》）在对历史的追溯中，思接今古，深沉警策，余韵绵长，这些，都带有江岚独特精神气质的豹斑。

诗缘情而绮靡。但诗人如果仅把作品局限在情感表达上，无异会显得单薄和轻浅。杨逸明先生曾有过诗词创作的"金字塔理论"，即把诗词创作分为技术、艺术和思想三个层面，技术是基座，艺术是塔腰，思想是峰顶，且不说这个理论的科学性与合理性，但我们必须承认，掌握平仄、押韵、对仗等基本问题，做到技术娴熟，是比较容易的事情，使作品生动、绚丽，"味道"十足，即迈上艺术之台阶，也不是特别难，但是，若使作品具备哲学思维，蕴含为人处世之道理，的确是一件难度较大的事情，非高手莫办。我们来看江岚的《丁酉秋日过秭归谒屈祠》："当年流放屈原者，已被岁月永流放。当年抱恨怀沙者，翻教百代同仰望。笑尔称王又封侯，死后无非土一丘……"怀古作品，难度不在于对史实的回顾与记叙，倘若简单描述曾经发生过的历史人物和事件，我们百度一下、复制过来就可以完成。但这样的作品无疑会显得肤浅与乏味，如果没有对人物、事件的起因、发生、发展、结局的全方位梳理和深层次考量，它顶多只能算是分行、押韵的记叙文。为避免曲解杨逸明先生"思想层面"的本来含义和误读江岚作品的思想实质，造成诗词作品与鉴赏之间的南辕北辙，我特意在微信上与杨先生进行了沟通。我问杨逸明先生："您所提出的'金字塔理论'中的'思想层面'有没有具体定义或标准？富有哲理的诗词作品，算不算达到了'思想层面'？"他说："'思想层面'是指对人生、宇宙有哲学意义上的思考，但不是要大家都写哲理诗。"我作了进一步的解读："那可不可以理解为，哲理不是'思想'的全部内涵，但在'思想'的外延之中？"杨逸明先生表示赞同。我想，江岚的这首《丁酉秋日过秭归谒屈祠》，在基于对伟大爱国主义诗人屈原生平际遇的深刻反诘和理性思考的基础上，作出了具有个人独特视角的哲学判断，并以诗的形式进行了体现，我们虽不能据此给诗人戴上一顶哲学家的帽子，但我们至少应该客观地评价，他的作品具备了'思想'的华彩。同样，"老天生才一何难，遇或不遇竟随缘。遇则平步青云上，不遇如花坠泥潭……同是美玉出此地，奈何贵贱一朝异。贵为佳人头上钗，贱如瓦砾随手弃。"（《春日过梅岭路边拾玉偶感》）"圣代不肯杀文人，偏是文人不相得。莫道手无缚鸡力，杀人往往不见血。阴狠最爱窝里斗，斗到国破不肯歇！"（《丙申秋日过六榕寺怀苏东坡》）也蕴含着'思想'的光芒。

按照惯例，一通表扬之后，也要挑挑毛病，我亦不反常态，"窠臼"一下。江岚诗作，古风占相当比例。古风无须受平仄、押韵、对仗、粘连等条框苛责，是旧体诗中的"自由诗"，然而也正因此，操作起来极易养成拉杂、冗赘之病，我以为，江岚的一些古风作品，如作些"减肥瘦身"，当更能显得简炼与紧致。

——（原载《中华辞赋》2018年第9期）

【作者简介】

武立胜,安徽省淮南市人,现居北京。1966年出生,1983年入伍,原北京军区朱日和训练基地副参谋长,上校军衔,研究生学历。中华诗词学会会员、安徽省诗词学会副会长、《中华诗词》杂志责任编辑。

附录三

《丁酉秋日过秭归谒屈祠》读后

英子

丁酉秋日过秭归谒屈祠

江岚

当年流放屈原者,已被岁月永流放。
当年抱恨怀沙者,翻教百代同仰望。
笑尔称王又封侯,死后无非土一丘。
光争日月《离骚》在,名字长共大江流。
江水滔滔山峨峨,西陵峡口白云多。
新祠高矗秋阳暖,嘉木森森垂女萝。
山鬼窈窕犹相待,一樽聊此醉烟波。

江岚老师的作品体裁多样,以意取胜,不为格律所束缚,尤以古风出彩,其风格古雅纯正,俊朗清雄,这首七古通过对比的手法表现出屈原的伟大,从而表达作者对屈原的崇敬之情。

全诗按韵部的转换可分为三层:第一层是前四句;第二层为五至八句;第三层是最后六句,层次分明,条理清晰。

第一层将流放屈原的当朝者与屈原进行对比，写出两者最后的不同结局。当年流放屈原者，他们最后落得了"已被岁月永流放"的下场，这些陷害忠良的佞臣，在如漏沙般的岁月中，早已经被岁月的长河所淘汰，流放在岁月的一隅，被人们唾骂，被历史遗忘，而当年抱恨怀沙沉江的屈原，反而世世代代受人敬仰。此句的"怀沙"语意双关，既是指"怀抱沙石以自沉"之意，又是指屈原的作品《九章·怀沙》，一般认为此诗作于屈原临死前，是诗人的绝命词。此诗历述作者不能见容于时的原因与现状以及南行的心情，为自己遭遇的不幸发出了浩叹与歌唱，希望以自身肉体的死亡来震撼民心、激励君主，两个"当年"领起，具有反复回环之美，语言顺畅，言浅意深。

第二层继续以议论的方式和对比的手法写出流放屈原的当朝者和屈原身后的不同影响。作者着一"笑"字，辛辣地讽刺了当朝者，纵然他们在世时称王又封侯，身份何其显赫，地位何其高贵，"死后无非土一丘"而已，他们的身份与名号是无法带走的，只剩下黄土一丘罢了！屈原作为中国历史上第一位伟大的爱国诗人，中国浪漫主义文学的奠基人，"楚辞"的创立者和代表作者，开辟了"香草美人"的传统，被誉为"中华诗祖""辞赋之祖"，《离骚》是其代表作之一，倾诉了对楚国命运和人民生活的关心，"哀民生之多艰"，叹奸佞之当道，并对天命论进行了批判，作品中大量的比喻和丰富的想象，表现出积极的浪漫主义精神，并开创了中国文学上的"骚"体的诗歌形式，对后世有深远的影响，从内容到形式，《离骚》开辟了中国文学史上的经典范式，它的光芒可与日月争辉，是古典文学宝库中一颗璀璨的明珠。作者以点带面，选取屈原的代表作对屈原在文学上的贡献进行讴歌，从而表达对屈原的崇敬之情，一代爱国诗人屈原也必然与他的作品一样闪耀着人性的光辉，他的名字永远会铭刻在历史的光荣榜上，就像生生不息的江河永远流传，流淌在人们的心中。

第三层紧扣秭归屈原祠的地理位置与环境特点，以景结情，余味悠长。屈原祠位于秭归县东1.5公里长江北岸的向家坪，又称清烈公祠，滔滔的江水与巍峨的山岭与之相伴，屈原正如巍峨的山势屹立于此，倾听着滔滔的江水滚滚而去。西陵峡口历史文明，源远流长，是楚文化的发祥地之一。这儿白云缭绕，宛若仙境，许是屈原带来的仙气吧，新修的屈原祠在秋日的暖阳下高高矗立着，闪耀着秋日的金色光辉，这儿嘉木繁茂，如线的女萝垂挂在它们的身上。屈原在《九歌·山鬼》开篇写道：若有人兮山之阿，被薜荔兮带女萝。既含睇兮又宜笑，子慕予兮善窈窕。作者巧以"女萝"引出山鬼之形象，写景而意在言外也，如此以景铺垫，巧妙过渡，自然引出结句：山鬼窈窕犹相待，一樽聊此酹烟波。"山鬼"亦是一语两到，既是《楚辞·九歌》之篇名，又指山神。山鬼出自屈原的作品《九歌·山鬼》，《九歌》是一组与楚人祭祀有关的诗篇，是屈原流放江南时在楚地信鬼好祀的风俗的基础上改写而成的一组歌诗，此诗是祭祀山鬼的祭歌，叙述的是一位多情的山鬼，在山中与心上人幽会以及再次等待心上人而心上人未来的情绪，描绘了一个瑰丽而又离奇的神鬼形象，全诗采用"山鬼"内心独白的方式，塑造了一位美丽、率真、痴情的少女形象，充满离忧哀怨之情，山鬼对爱情的执着，正是屈原对理想的执着追求。山鬼的形象，正是屈原的美好形象；山鬼爱情的哀伤，正是屈原理想的破灭，如今，这窈窕多情的山鬼似乎还在痴痴等待，有谁会将祭酒洒在烟雾笼罩的江面上祭奠这哀伤的爱情呢？此结余韵袅袅，使人仿若看到苍茫的天地间庄严的祭祀，这是充满着敬畏之情的祭奠，是对山神的敬畏，亦是对屈原的敬畏，读罢苍凉之感顿出，亦油然而出一股神圣之情。

全诗语言纵横开阖，议论、描写、抒情自然结合，含蓄蕴藉，蕴理丰富，情感沉郁，令人思索，回味无穷。

【作者简介】

张金英，网名南国英子，笔名英子。女，汉族，70后，祖籍广东，定居海口。爱好写作，钟情诗词，尤喜古诗词鉴赏，著有个人诗词集《留馨集》，作品散见于《诗刊》《中华诗词》等多种刊物。现为中华诗词学会会员、海南省诗词学会会员、中华诗词书画交流协会常务理事、中华诗词论坛高级评论员。